我可以当
你的小宝贝吗

播客先声——编著

海南出版社
·海口·

图书在版编目（CIP）数据

我可以当你的小宝贝吗 / 播客先声编著 . -- 海口 : 海南出版社 , 2025. 5. -- ISBN 978-7-5730-2413-8

Ⅰ . I25

中国国家版本馆 CIP 数据核字第 2025E5P526 号

我可以当你的小宝贝吗

WO KEYI DANG NIDE XIAOBAOBEI MA

编　　著：播客先声
策 划 方：万象真实故事
特约策划：火　柴　大　书
责任编辑：高婷婷
责任印制：郄亚喃
印刷装订：北京蚂蚁印科技有限公司
读者服务：张西贝佳
出版发行：海南出版社
总社地址：海口市金盘开发区建设三横路 2 号
邮　　编：570216
北京地址：北京市朝阳区黄厂路 3 号院 7 号楼 101 室
电　　话：0898-66812392　010-87336670
电子邮箱：hnbook@263.net
经　　销：全国新华书店
版　　次：2025 年 5 月第 1 版
印　　次：2025 年 5 月第 1 次印刷
开　　本：880 mm×1 230 mm　1/32
印　　张：7.25
字　　数：139 千字
书　　号：ISBN 978-7-5730-2413-8
定　　价：59.80 元

目　录

急救篇

离别篇

动
营业时间
星期一至五：09：00-22：00
星期六、日：10：00-22：00
晚间急诊请联系：
李医生 133

医院如同一个小剧场，每天上演着各种“人宠剧目”——生的喜悦，死的悲恸，病痛的折磨……

急救篇

讲述人：宠物医生——老酒馆的猫

大家好，我是老酒馆的猫，一名在宠物医疗行业工作了七年的宠物医生。

每一只宠物在生命垂危之时都是脆弱无助的，

这种情况下，

宠物主人总是陷入两难——

爱、责任、时间、精力、金钱和

宠物一起被摆在了天平的两端，

是坚持还是放弃……

故事01　坚守的爱

——为了照顾金吉拉“糕糕”，她在宠物医院里待了七天七夜

一只猫的眼睛出了问题，它的主人一个月之内跑了七八家医院为它寻求治疗方法；一只金毛生病了，它的主人带着它辗转几个城市，最后来到上海求医……我在医院里经常会遇到像这样为了给宠物治病而不辞辛苦到处寻医的主人们。最令我难忘的，是一位金吉拉的主人。为了照顾她的猫，她在医院里待了七天，睡了七夜医院大厅的沙发。

糕糕

那天，我们医院接到一通电话——一位女士询问我们这里是否有一种治疗猫传染性腹膜炎（俗称“猫传腹”）的特效药。因为这种药目前在国内还未获得批准上市，医院里肯定都没有。

这位女士在电话中描述，她家里有一只名叫“糕糕”的长毛金吉拉。前段时间，她发现糕糕的眼睛里似乎有东西，就带它去了专门的眼科医院。经过检查，糕糕被确诊为“葡萄膜炎”。但是，经过一段时间的治疗，糕糕并没有好转，眼科医院的医生这才怀疑是“猫传腹”。因为只是眼科医院，检查项目不是很全面，所以医生介绍她来我们医院。

听完主人的描述，我们大致了解了糕糕的情况——由于发病时间比较久，糕糕已经从眼睛有问题发展到不吃不喝，肚子也逐渐变大，还一直高烧不退。

电话里，这位主人万分焦急地询问我们，像糕糕这种情况还能不能治好。我们院长耐心地向她说明了需要做哪些检查、怎么判断病情以及如何确诊，并建议她先带猫来医院，我们要看过具体病情后才能确定治疗方案。如果需要的话，我们可以一起帮她找药救猫。

很快，我们和糕糕的主人就见面了，她是一位三十多岁的女性，看上去面色苍白、头发凌乱，肉眼可见的憔悴。陪她一起来的还有她的朋友，手上拎着大包小包。因为电话中已经跟她说过，以糕糕目前的情况来看，大概率需要留院治疗。所以她直接收拾好了住院所需的东西一起带了过来，显然已经做好了陪护的准备。

打过招呼，我们便赶紧为糕糕做起了检查，发现它的情况的确不容乐观。它躺在主人怀里，喘得非常厉害，这种喘不是心脏问题导致的，而是因为高热。糕糕当时的体温是41℃，属于高烧，身体根本无法长时间承受这样的温度，亟须降温。猫的舌头和脚垫都是散热的渠道，所以糕糕一直伸着舌头，高频率地喘着气。针对糕糕的身体状况，医生们第一时间把它放在重症监护室（ICU）的病床上，拉出氧气管来给它吸氧，然后给它铺了冰垫，又用冰块冷敷，护士还在它的脚垫和耳朵上擦了一点儿酒精，主要是先帮糕糕散热、降温，因为持续高烧不退会导致猫咪身体代谢紊乱，加重心肺负担，严重的还会导致不可逆的脑损伤。所以一定要尽量先让它高热的体温降下来，然后再做进一步的检查。

糕糕的肚子胀得很大，感觉里面有很多水，摸上去就像那种注满了水的气球。我们剃掉它腹部的毛，给它做了 B 超，同时抽血做了化验。整个过程中，它都乖乖地配合，没有反抗。

在等待检查结果的两个小时内，糕糕一直在冰垫和冰敷的降温环境下输液，主人也始终在 ICU 外陪着。最终，检查结果跟医生们怀疑的方向一致，糕糕确诊了猫传染性腹膜炎——一种由冠状病毒变异、侵入其他器官引起发炎的疾病。

一直以来，“猫传腹”都是一种较难治愈的疾病。宠物医院面对“猫传腹”时，大多会采用保守治疗——先降温，然后通过输液控制腹水炎症，能控制住的话猫获救的概率就会大一些。

近些年，“猫传腹”开始有了所谓的特效药，但是这种药在我国并没有获批上市，所以无法在正规厂家买到。即使能够买到，因为没有临床试验过，是否真的有效也不得而知，用药也是在赌。

但是，主人救治糕糕的急切心情使她孤注一掷，她毫不犹豫地和我们签了风险协议，同意在找到药后给糕糕用药治疗。

第二天，糕糕的情况没有好转，它还是在喘，输液还会呕吐。而它的主人真的带着找到的药来到了医院。我们再次跟她重申：这种药是不符合规定的，医院没有办法保证用药之后糕糕就能被治愈。但看着难受的糕糕，主人最终还是决定赌一把，签字同意我们给糕糕用药。

打完针后，糕糕的体温稍微平稳了一些。

因为我们没有办法保证这个药一定有效，也无法确定对猫会产生什么影响，所以只能让糕糕继续留院二十四小时。

医生一直在监测糕糕的体温。这个药效持续了八至十二个小时。到凌晨一点左右，药效慢慢下去，糕糕的体温又开始回升。看到体温再次升高，糕糕的主人又担心起来，她一直陪着糕糕，一夜都没有合眼。

一般来说，前三天是比较危险的，如果各项炎症指标，包括体温一直降不下去的话，糕糕的身体机能就没有办法恢复，即使用了所谓的特效药物，治疗结果也未必能尽如人意。

为了更好地照顾糕糕，主人决定留在医院，每天二十四小时陪着它。医院大厅的休息区，有一个长长的沙发，晚上她累了就在沙发上躺一会儿，听到猫咪有一点儿动静，立马起来，赶紧去看、去问医生。就这样，一陪就是一周。

糕糕胆子特别小，因为医生每天接诊很多小动物，身上难免会有其他动物的气息，它很不喜欢，医生一靠近它就很紧张。每当这种时候，糕糕主人都会让我们去忙，她自己来。所以，除了治疗，照顾糕糕的吃喝拉撒都是主人亲力亲为，每天喂它喜欢吃的猫条，跟它说话、安慰它、鼓励它。

糕糕最终能活下来，离不开主人这样日夜的陪伴，这给了它极大的安全感，让它熬过了艰难的时光。小动物换到陌生的环境，会很害怕、很焦虑，尤其是在它身体不舒服或者濒临死亡的时候，如果没有熟悉的人在身边，它会更加难过。所以，糕糕的主人在医院陪了它七天——整整七天七夜，哪怕出去吃饭、回家洗澡换衣服，也从没有离开两个小时以上，而且在离开之前，她都会跟医院里面的每一位医生和助理打招呼，交代她去干什么、大概什么时候回来，如果有什么事情，让我们务必第一时间给她打电话，仿佛躺在重症监护室里面的是她最最重要的亲人。

到了第七、八天，糕糕的体温维持稳定之后，食欲慢慢恢复，炎症指标也在缓慢下降。

我们给糕糕做复查后告诉主人，糕糕脱离了危险，后续还需要每天给它打针，并大量补充蛋白质——糕糕大病初愈，免疫功能下降，体内的蛋白质不够，亟须补充，过一段时间糕糕一定能恢复健康的。听完我们的建议，主人特别上心，在糕糕能够主动进食以后，每天都会煮新鲜的鸡胸肉、牛肉带过来给它吃，真的很用心。

糕糕没有辜负主人的爱，在这场生命拉锯战中获得了胜利，健康出院了。作为医生，我感触颇深——养一只宠物，并不仅仅是一句口头上的玩笑，更不是一时兴起的随意决定，这是一句承诺，就像是养了一个孩子，作为监护者，尽心竭力，爱护它，关心它，为它负责始终。

糕糕来复诊的时候，我们了解到它患病的经过。

最开始，主人突然发现糕糕的眼睛里出现了一些奇怪的斑纹，于是给它滴了眼药水，但一周过去，糕糕的症状并没有好转。不仅如此，主人发现糕糕吃喝也减少了，变得不爱动，精神萎靡。她开始担心，带去眼科医院检查，可是当时也未查出什么问题。又过了几天，糕糕开始发烧，主人慌忙又带去复诊，此时眼科医生才提出了自己的怀疑，建议她转到我们医院做全面检查。

宠物一生一般只有一个主人，而主人一生却可以拥有很多宠物。养宠物就要对它的一生负责。这其实并不容易，金钱、时间、精力的考验都可能让一个人放弃一只宠物。我们在医院见过形形色色的主人，大多数都愿意花钱给宠物治病，但是像糕糕主人这样，把宠物当家人一样花精力去照顾的少之又少，因此我真的很佩服她。

试问，哪怕是家人，又有谁能保证一定可以做到这种地步呢……

从“感染冠状病毒”到“传腹”，我们可以做些什么？

感染猫狗的冠状病毒和感染人类的不同——前者攻击消化道，后者攻击呼吸道，二者针对的部位不一样。猫狗感染了冠状病毒，首先会引发胃肠道不适，典型的症状表现是呕吐、腹泻，但是这种腹泻跟细菌感染、犬瘟热病毒导致的腹泻又不太一样，感染冠状病毒导致的腹泻可能是间接性软便——时而干时而稀，不一定便血，如果宠物不呕吐的话，可能从精神状态看不出异样。等到病毒数量增多，病情到了严重的程度，会导致呕吐、腹泻的频次增加，宠物将无法进食。对于成年猫狗来说，感染冠状病毒不太会引起生命危险，但是频繁的呕吐或者软便，会导致胃肠道功能紊乱，造成脱水，间接导致死亡，可以说是一系列并发症最终导致宠物死亡。

目前，市面上有一种八联疫苗可以预防狗的冠状病毒，但是还没有适用于猫的抗病毒疫苗。对于成年猫而言，可能只是携带冠状病毒，但不发病——如果没有换粮，也没有着凉，却出现间接性的软便，这种情况猫主人们就一定要注意了，应及时带宠物去医院，先做对应的抗病毒治疗，控制症状。猫一旦感染了冠状病毒，那就要特别小心病毒变异，让猫主人们闻言色变的“猫传腹”就是由猫冠状病毒变异而来的，如果病毒不变异可以和谐相处一辈子。

“猫传腹”的初期症状多为食欲减退、精神差、体重下降、持续发烧，后期会分出干湿两种症状表现：湿型以腹腔和胸腔积液为主，出现脑膜炎时，身体痉挛、共济失调；干型无腹水，以眼病为主，比如结膜水肿。目前国内没有治疗“猫传腹”的特效药，提高猫的免疫力是当前来说最好的预防措施。另外就是要注意养宠环境。“独生子女”的猫感染的概率相对较小，多猫家庭要注意每天清理猫砂盆，且远离食盆、水盆。

故事02　坚强的“妹妹”

——胎死腹中危及生命，医生妙手回春助“妹妹”转危为安

很多时候，宠物医生们凭借多年工作经验，通过电话问诊或者网络咨询就可以大致判断宠物的病情，并给出相应的治疗方案，但也不是每次都能这么顺利……

妹妹

一天，一位年轻男性来到我们医院。他说，家里的狗是一只田园母狗，叫“妹妹”，已经十岁了，是他爸爸从小养到大的，他只能算半个主人。妹妹一直跟着老爸在镇上老家生活，前段时间看到它肚子很大，后来又小了下去，他们猜妹妹偷偷在外面生了宝宝。自从那时起，妹妹就开始有些无精打采。本来它有点凶的，见到陌生人就狂吠，最近却不怎么叫了，食欲也不好。所以他过来咨询一下，看看这是什么情况。

听完他的讲述，我问，妹妹是不是从肚子小下去以后就出现这种症状的。他仔细想了想，确认是这样，到现在大约过了一周的时间。我跟他说，这有可能是分娩之后有胎儿没有娩出来，小狗留在肚子里面，导致母狗子宫感染，不进食、没有精神都是症状表现，建议他带狗来医院做检查，看一下子宫里面是否有异常，如果有异常需要动手术。他听完后，说要回去跟老爸商量一下。

没想到，第二天男人没有提前预约，直接带着老爸、抱着狗来医院了。我一见妹妹就闻到它身上有味道，我问主人它是什么时候洗的澡，他们说刚洗过，要不是因为精神不好，它根本不会让人如此抱着的。我检查了狗狗的阴门，有分泌物，不多，味道就是从那里传出来的。此时，我心里已经有了判断，准备安排详细检查。

但是男人的老爸不同意，他说狗之前又不是没生过，如果肚子里有没生完的小狗，它怎么可能不继续生呢，肯定不会有。男人对他说，妹妹都十岁了，已经是老狗了，没力气生完，小狗死在肚子里也有可能啊，它一直这么不吃不喝，死了你不心疼吗？一时间，两人僵持不下。男人只好让我们先带妹妹去做检查，自己继续劝说固执的老爸。

我们先给妹妹做了 X 光检查，看到它腹中有一个胎儿，胎儿的骨骼清晰可见，按日期算应该超预产期好久了，但是具体时间无法确定，只能再结合 B 超看一下。因此，我们又给妹妹做了 B 超检查，结果显示看不到胎心，说明胎儿确实已经胎死腹中，而且有好几天了。我们告知主人，妹妹这种情况一定要立刻动手术，不能拖，再拖下去，死胎产生的细菌会通过子宫、卵巢扩散到全身，导致败血症。但是，狗已经十岁了，手术风险很大。

老人意识到了事情的严重性，但一听说手术有风险，就又犹豫起来，反复问我这个风险到底有多大。我告诉他，如果是正常的绝育手术，顶多就是麻醉过敏的风险。但是妹妹这个年龄，还要考虑它肝肾功能衰竭的风险，加上它属于病变情况下做手术，风险又增加了一成。经过检查，妹妹的肝肾功能检查指标无异常，但是炎症指标都已上百了，说明炎症程度较重，属于重症感染。即使手术成功，也还是有毒素扩散引发败血症的风险，到时候需要再输液消炎。老人家听明白了，他说这种程度的风险可以接受，他愿意一搏，最起码还能让妹妹多活几年。

妹妹的手术做得很快，从开始麻醉，到整个子宫、卵巢和死胎一起取出来，不到半个小时。狗的腹腔打开后传出的恶臭让我印象深刻，胎儿死在里面可能不止一周，已经发绿了。妹妹很幸运，发现得还算及时，再晚一点的话，我们真的就回天乏术了。我让助理赶紧把取出的小狗拿去给主人看，然后开始给狗做缝合，大概 40 分钟，整个手术结束。

手术过程中，妹妹的两位主人一直焦急地等在手术室外，直到看见妹妹从手术室出来，还能眨眼睛，他们才总算稍微安下心来。能从麻醉中苏醒过来，妹妹算是度过了第一个危险期。接下来面临的另一个更严峻的考验便是感染，因此，它必须住院输液。

我们对主人交代，妹妹完全清醒之后，先给它喂一点儿水，如果没有呕吐就可以喂它一些食物。因为术前需要禁食禁水，所以妹妹差不多有 12 个小时没吃没喝了。晚上十点左右，妹妹完全脱离麻醉状态醒了，确定没有呕吐之后，主人喂它吃了东西，它吃得挺香。

妹妹手术当天还有点虚弱，第二天就开始凶人，不让医生、护士们碰，输液都很困难，必须主人帮忙按住才行；也不让我们带出去大小便，非要等到主人来抱它出去遛，它才大小便。看到它能自主排便后，我们终于也放心了。

输了五天液后复查，妹妹的各项指标都降下来了，主人就把它接回了家。白天继续带过来输液，晚上回家，这样它会放松一些，更有利于它恢复。

妹妹虽然不是什么名种狗，但它的主人在养育它的过程中倾注了很多爱。这次有惊无险的手术后，它还有很长的“狗生”可以陪伴主人。

宠物生了宝宝后，

主人们要怎么护理呢？

宠物生产完并不算结束，产后护理也很关键。宠物生产完抵抗力差，而且还需要排一段时间恶露，即使它们身上脏兮兮的也不要洗澡，避免引起感染或着凉感冒。一般情况下，宠物都会自己清理干净，有清理不到的地方——比如外阴部位因排出恶露可能会黏一些血迹或分泌物，主人们可以用医用脱脂棉，蘸适量生理盐水或温水轻轻擦拭干净。

宠物在哺乳期，乳头会经常留下一圈奶渍，与空气接触会氧化变黑，要及时用温湿的毛巾擦干净。同时要注意它们乳房的情况，可能会因为涨奶出现硬块，这很容易引起乳腺炎，需要及时温敷、按摩，如果一直无法缓解，建议就医咨询是否需要用药。

猫狗生产也是相当耗费体力的事儿，它们产后对于营养的需求非常大，不仅是为了快速恢复身体机能，也是为了保证乳汁充足喂养宝宝。因此主人们一定要特别注意为产后的宠物补充营养。产后一周，宠物肠胃还比较脆弱，可少食多餐，补充蛋白质和水分，比如煮些鸡肉、牛肉、鱼肉，不放调味料，连汤一起喂给宠物，也可以准备一些它们平时爱吃的肉类罐头，适量给一些鸡肝、鸭肝补血，有条件的情况下也可给它们吃些宠物营养膏。

产后1~3周内要特别注意猫狗的“产后低血钙”，又叫作“产后癫痫症”。这是由于血钙低于正常体液水平，导致运动神经异常兴奋引起肌肉痉挛。发病表现为呕吐、步态僵硬、颤抖、痉挛、气喘等症状。出现这种情况，应及时就医。

故事03　海盗船长

——不忍心天生畸形的“船长”受欺负，

她顶着家庭和生活的压力照顾它

在宠物医院，我们经常能遇到各种因意外事故导致身体残疾的宠物，但一生下来便是畸形的宠物并不常见。因此，一旦遇到了便很难忘记。其中，最让我印象深刻的是一只名叫“船长”的小猫。

船长

船长刚被带来医院的时候还没有名字，因为它只有一只眼睛，像极了在大海上征战的海盗船长，所以我们给它取名“船长”。

船长的主人是个女孩子，刚来上海工作不久，生活还不是很稳定。她家大猫生了一窝小猫，船长是其中一只。船长刚出生的时候就只睁开了一只眼睛，另一只眼睛没“睁开”，还会分泌一些脓性物质。女孩每天都会给它擦拭这只眼睛，虽然也奇怪为什么它一直“睁不开”，但只当是发育迟缓，并未作太多关注。家里人不赞成她养那么多猫，所以她打算等小猫们过了三个月、打完疫苗后就找好人家送养。

然而，过了一两个月，小猫们慢慢长大，女孩发现船长的左半边脸是歪的，跟其他几只小猫明显不一样。最初她以为是牙齿长歪了，没太在意，但随着时间过去，小猫没有任何变化，她才怀疑，这可能是先天缺陷。虽然她已经养大了一只猫，可以说是资深养宠人了，但船长这种罕见的情况她还是不敢自己下判断。因此，女孩带着船长来到了我们医院。

我们不是眼专科医院，只能先为船长做 X 光检查。通过检查我们发现，船长的左眼的确存在先天问题——左眼球严重萎缩，更直白一点说就是天生没有左眼球。

听到检查结果，女孩告诉我们，她刚来上海工作，每天上班早出晚归，经济上也不宽裕，现在家里猫比较多，还要花费很多时间和精力来照顾船长，家人觉得她太辛苦，一直催着她把船长送人或者直接扔掉。可是，船长除了少了一只眼睛，视力弱一些，跟其他猫没有什么太大区别，每天能吃能睡，从出生照顾到现在已经有了感情，她也很舍不得就这样放弃它。

而且，由于先天残疾，船长在它的兄弟姐妹中一直处于劣势地位。出生第一个月，小猫们还在吃猫妈妈的奶，这种情况表现得不是很明显；但一个月后，小猫们能自己吃猫粮了，女孩便发现，不仅别的小猫会欺负船长、和它打架、孤立它，甚至连猫妈妈也不爱带它玩耍。可能因为经常被欺负，船长脾气特别大。女孩每次给它擦拭眼睛分泌物时，它都完全不肯配合，又抓又挠的，擦完之后就躲在床底下不出来。看到它只能用这种方式保护自己，女孩十分心疼。

一边是现实压力，一边是爱与责任，女孩很纠结。

我们很理解她的犹豫。像船长这种天生畸形的情况是没有办法治愈的，会伴随其一生，主人能做的也只有带它打好疫苗、好好养着它。养一只天生残疾的宠物对女孩来说负担很大，除了每天要花费心力去照顾，还有一定的未知风险——我们无法确定随着船长的长大会不会出现新的问题。

作为医生，我们不能替她做决定，只能跟她聊了一些案例，提出建议。

我们给女孩分析，像船长这样的宠物不太容易被领养，因为领养人肯定都是首选健康漂亮的，天生残疾的宠物被退养和遗弃的概率相对更大。在我们医院，医生们就遇到过很多被主人遗弃的猫狗，每次看到大家都会觉得不忍，有一位助理医生不知不觉就收养了好几只。所以，为了船长好，我们建议女孩把它带回去自己养，目前来看，船长除了眼睛的问题，其他检查结果都是正常的。等之后把其他小猫都送养了，能节省很多精力，只照顾船长。另外，只剩船长一个孩子，猫妈妈自然也会多照顾它一些，这样主人的压力也就没那么大了。

听了我们的话，女孩终于下定决心，由自己来好好照顾船长。

六七个月后，女孩又带船长过来了。此时的船长已经

长得挺大了，看起来很健康，只是因为它没有左眼，整个面部不是很美观，看上去有一点可怕。女孩说，船长除了丑点，吃喝都正常，疫苗也都打全了，就带它过来做绝育。我们之前向她建议过，像船长这种有先天残疾的猫，最好就不要再让它生宝宝了，因为它生育出来的宝宝存在先天问题的概率很大。

并不是说只有船长这样的猫需要绝育，事实上，如果不是繁殖售卖或者单纯想留后代的话，我们建议适龄猫都要做绝育。因为猫是多季节发情的动物，也就是说它可能这周发完情，隔一周又发情了。猫发情期间，会发出凄厉的叫声。有的猫不叫，但是食欲下降，所以有的主人会感觉“怎么我家猫吃得很多，但老是不长肉呢”。还有的猫会变得特别暴躁。公猫发情会乱滋尿，给它和主人的生活环境造成困扰，尤其是猫尿的味道很难去除。此外，如果发情期的猫找不到对象，会给它的身体造成伤害。所以，给猫做绝育并非不人道，是出于对它健康的考虑。

船长做完生化检查，各项指标都显示正常，我们便开始给它做绝育手术。谁知做手术时我们发现，它左边的卵巢和子宫也是萎缩的。也就是说，船长不只是眼睛，子宫、卵巢也都有先天缺陷。手术完成后，我们对女孩说，还好她带船长过来做绝育手术了，不然像它这种情况，生育肯定会有风险。

做完绝育手术之后，船长就没再来过了。我们跟女孩联系过一次，她说船长恢复得不错，没有其他异常。每天吃喝都正常，只是还需要按时给它清理眼睛分泌物，不过清理时船长也已经不会发脾气了。

我很庆幸，船长遇到了一个有爱、有责任感的主人，对它不抛弃不放弃，从这个角度来看，它真的很幸运！

猫为什么会出现“船长”这样的先天缺陷？

宠物畸形的成因比较复杂，从宠物医生的角度分析，可能存在的原因有以下几种：繁衍后代的公猫或者母猫存在基因突变，导致后代出现先天畸形；母猫怀孕时接触了有害物质，导致胎儿畸形；母猫怀孕期间营养不良影响了胎儿的正常发育，导致畸形。

综上所述，如果想要避免“船长”的情形出现，首先要选择健康的猫爸猫妈进行繁殖，然后要保证母猫孕期所处的环境安全，不接触有害物质，比如重金属、农药等，还要保证母猫孕期营养充足且均衡。

如果不幸获得了一只先天畸形的宠物，主人会面临很多难题。

养一只残疾宠物是很大的负担，不仅要付出很多时间和精力去照顾它，很可能还会造成主人经济上的压力。因此，许多主人都会觉得又累又麻烦，还很难将宠物送人，不少人会选择直接遗弃。当然也有特别有爱心、有责任感的主人，会选择把残疾的宠物留下来照顾，但结果也未必尽如人意，因为先天有基因缺陷的宠物，它的寿命肯定会比健康的宠物更短一些，其他病的发病概率也会更高一些，这些都导致残疾宠物大多无法长久地陪伴主人。

尽管如此，我们还是希望主人们都能够爱护这些残疾宠物，不要随意遗弃。很多时候，多了解自己宠物的病情，找到适合自己宠物的护理方法，会令护理工作顺利很多。尤其值得注意的是，除了身体上的照顾，主人可能要付出更多的耐心去安抚它们的情绪。就像船长一样，因为种种问题，它们可能不像健康的宠物那样亲近人，性格也会更孤僻一些。这都需要主人跟它们磨合、交流，主人要接受它们的这种状态，尊重宠物的个性，给它们留足空间，让它们待在自己的舒适区。假以时日，宠物们一定也会对主人产生信任和依赖。

故事04　缝补吉娃娃

——陪伴十年的“妞妞”被意外咬伤，

主人愿承担所有后果救回它

很多主人和宠物之间都有着深厚感情，我们都希望宠物们可以一直陪在主人身边，但谁也无法预测明天和意外哪一个会先到来。如果有一天，心爱的宠物发生了意外，你知道第一时间应该怎么处理吗？你能够冷静地做出决断吗？

妞妞

妞妞是一只十岁的黄白花吉娃娃，大约有三公斤重，比较胖，因为在小区里被萨摩耶咬伤而送到了我们医院。妞妞的主人是一位中年女性，一起来的还有她的老公、孩子以及两只“犯事”的萨摩耶和它们的主人。当时妞妞满身是血，女主人抱着它，被吓得不轻，一直焦急地求医生救救它。

医生初步检查后，发现妞妞的整个背部皮肤都是撕裂伤，好在它比较胖，有脂肪保护着，没有被咬穿腹腔和胸腔，只是皮外伤，没伤及内脏。但是它的伤口必须麻醉后进行手术清创和缝合。因为麻醉有风险，所以我们必须征得宠物主人的同意才能进行。当时，妞妞的男主人正在跟“犯事”萨摩耶的主人交涉，我们便单独叫了女主人过来，向她说明手术可能存在的风险以及所需费用。

我们刚沟通到一半，正说到费用的时候，妞妞的男主人听到了，他很生气，指责我们没有爱心，狗都这样了还不赶紧救治，还在谈钱。

作为医生，听到这种话我很难受。我对男主人解释：我们并不是把妞妞晾在一边来谈这些，而是趁护士准备手术室的间隙跟主人沟通。因为妞妞已经十岁了，高龄增加了她手术的风险，需要制定适合它的手术方案才能最大限度地确保它的安全，我们正是在跟女主人沟通详细方案，征求她的同意。只要是手术都存在风险，医生会通过自己的专业知识让手术风险尽量趋向于零，但是宠物的主人也同样有承担手术风险的责任，毕竟，是否进行手术的最终决定权还是在主人手里。

至于费用问题，当然也需要在术前告知主人，因为这也会影响到主人的决定。我们不止一次遇到主人知道治疗费用后直接放弃救治，或者救治完后不愿意承担治疗费用的情况。妞妞是被咬伤的，会涉及赔付，最终医药费是由谁承担，他们双方可以慢慢协商，我们一定会尽心尽责地救治妞妞，不会因此而耽误治疗的进度。

我对两位主人说，希望他们能尽快作出决定。因为妞妞的伤情很严重，除了头部还能看出原来的毛色，整个背部都被血染成了红色，头上也糊满了萨摩耶的口水，等待手术的每一分钟，它都被疼痛折磨着。十岁的妞妞已经是老年犬了，换算成人类的年龄要有八九十岁了，这意味着它的身体可能承受不住这样的疼痛。

听完我们的讲解，妞妞的女主人决定签字做手术，但是男主人不同意，大概是嫌费用过高，二人争论了半天，最后还是女主人过来签了字。她坚定地对医生说，不管结果如何她都愿意承担，请医生一定要尽力救治妞妞。我猜想平时应该是女主人照顾妞妞多一些，倾注的感情更多，所以她更不愿意轻易放弃妞妞。

主人签字同意手术后，我们立即给妞妞抽血做生化检查，看它的肝肾功能是否正常，在看到检查结果显示无异常后，我们就把妞妞带进了手术室，准备进行清创和缝合。

被中大型犬咬伤后需要马上清理干净伤口，这一点很重要。麻醉生效后，医生先给妞妞的整个背部进行了消毒，然后顺着伤口——萨摩耶的牙印，把皮肤剪开，清除里面的碎肉和血块，经过一遍遍的清洁，妞妞伤口流出了新鲜的血液，医生这才将它翻开的肌肉和皮肤又缝合起来。妞妞是小型犬，背长只有二三十厘米，大大小小不知道是缝了几十针，背部密密麻麻布满了缝合痕迹。

妞妞年纪大，长时间处于麻醉状态会使手术风险增大，所以我们清理伤口和缝合时都尽量加快了动作，但最后还是用了一个半小时才结束手术。

因为我们用的是呼吸麻醉，醒得会比较快，妞妞被从手术室推出来后就能眨眼睛、舔嘴巴了。然后，它被直接送到了 ICU，在里面吸氧，做术后处理——特别是止疼护理。

当看到妞妞平安无事地被从手术室推出来的时候，一直焦急地等在手术室外的女主人长长地舒了一口气，心里的一块大石头终于落了下来。

她跟我说，她真怕妞妞就这么走了，十年的陪伴让她跟妞妞有了非常深的感情，不仅仅因为妞妞是她从小养到大的，更是因为妞妞已经成为家里的一分子。我告诉她，大型犬的咬合力很强，妞妞应该感谢主人喂养得好，有足够的脂肪抵消了萨摩耶的“杀伤力”，要不然它可能撑不过这场手术。

手术过程中，萨摩耶的主人也一直陪着，同为养宠主人，她是能感同身受的。

我们了解到，妞妞是在不牵绳遛狗过程中发生的意外。因为妞妞体型小，主人平时遛狗都不牵绳，就让妞妞跟在脚边随意跑。那天，主人一家一如既往地带它出去散步，迎面碰上了两只被主人牵着的萨摩耶，妞妞当场狂吠起来，惊吓到了萨摩耶，于是才导致萨摩耶冲上去咬住了妞妞，边咬边甩——这是动物的本能，这种咬伤会造成很大的撕裂，也是妞妞整个背部的皮肤和肌肉都被撕开的原因。

这次意外也让妞妞的主人吸取了教训——遛狗一定要牵绳，如果当时妞妞有牵引绳，在它狂吠的时候主人就能够及时制止，也就不会发生后面的悲剧了。

妞妞的伤口恢复得特别好，术后一周就来拆线了。妞妞来的时候穿了一件小衣服，牵引绳就系在衣服的扣子上，又安全又不会摩擦到伤口。

一般来说，吉娃娃都非常胆小怕生，但也许是因为妞妞年纪大了，见过世面，拆线的时候它不吵也不闹，特别乖巧。女主人一直在旁边跟它说“要谢谢医生姐姐救了你的命，不然你都撑不下去”。我们很欣慰，妞妞的主人当初没有放弃它，一直爱它如初，我们医生辛苦一点也觉得很值得。

其实妞妞的女主人也曾有过犹豫，一方面因为老公反对，另一方面也担心钱花出去了却救不了妞妞，但深思熟虑之后，她还是坚持给妞妞做了手术。她果断地对我们说，不管她家里人说什么，她自己负责就好，哪怕妞妞死了她也会承担这个后果。那一刻，我真的很敬佩她。

养了十几年、每天花心思去照顾的宠物，就像是自己的孩子。她那时的心情，就像要为自己的孩子签病危通知书一样。如果当时妞妞在手术台上没能下来，她可能真的会承受不住。有些时候，冲突和退缩是我们爱的表现，因为我们都是既普通又平凡的人，都会害怕未知的、不好的结果。但更多的时候，爱则是担当与勇气，我们因为爱而克服了自己的懦弱和恐惧，勇敢地去为所有的结果负责。

当意外出现时，我们应该如何应对？

虽然“不知道明天和意外哪个先来”，但我们可以掌握一些急救知识，在宠物出现紧急状况时积极应对，为宠物争取最佳就医时间。

一、外伤出血

一般的毛细血管出血——用棉球擦拭几秒后会继续从伤口缓慢渗出血液，不危及生命，如果创伤面积比较小，主人可以自行用碘伏进行消毒；如果创伤面积较大，建议就医处理。

如果血液像水流一样从伤口流出，颜色较暗，可能是静脉出血；如果血液像喷泉般从伤口涌出，颜色鲜红，大概率是动脉出血，不管哪种情形都要立即就医，就医前，最好先为宠物做止血处理，争取更多急救时间。止血处理方法：对流血处直接进行按压止血，保持持续按压 10 分钟。如果还是无法止血，可使用止血绷带，在流血处上方 5 厘米的位置进行包扎。绷带也可用毛巾、领带等替代。

二、意外创伤

宠物受到意外创伤时首先要考虑防止感染，特别是比较大的开放性创口。如果条件便利，可以先给宠物带上脖圈，避免它们舔舐伤口。如果伤口处有明显的残留碎片，可以用生理盐水进行冲洗（紧急情况下也可用纯净水应急）。做简单包扎后，及时就医。

三、骨折

宠物意外骨折，如果伴有出血，在不会加重骨折情况下可先止血。带宠物就医的过程中要尽量保持骨折处原样，不要随意摆动。

四、异物卡喉

如果宠物因异物卡喉导致呼吸困难，可用海

姆立克急救法。是的，你没看错，宠物也有海姆立克急救法。虽然宠物与人的身体结构不一样，但急救原理相同。如果是可以抱起的小型犬或者猫，让它们背部贴近你胸部，找到肋骨下方凹陷处，右手握拳向上推动三次。如果是大型犬，让狗侧躺，施救者跪在其头后，一手握拳将拇指指关节顶在肋骨下方凹陷处，向头部用力推。

五、心肺复苏

如果宠物出现心脏停搏，先找到一个平坦的地方，进行心肺复苏急救。先找到按压位置——狗的话，在胸廓下1/3处；猫的话，在两乳头连线中点。大型犬，双手交叠进行按压，每分钟按压80~120次；猫或者小型犬，用大拇指和食指进行按压，每分钟100~150次。每按压30次进行2次人工呼吸，人工呼吸时要口对鼻，或使用呼吸气囊。

如果宠物处于有心跳无呼吸状态，先做人工呼吸。动物的嘴型和人不一样，所以正确做法是打开宠物的嘴巴，直接对着它的鼻孔吹气，每分钟重复12~15次。

故事05 “星期猫”“星期狗”

——宠物市场的黑暗面，那些被黑心商家欺骗的故事

我们喜欢宠物，但有些人却只想利用宠物赚钱。你或你身边的朋友是否遇到过一些黑心的商家——也许是集市上的小摊贩，也许是网络上的“猫舍”“狗舍”，他们把宠物们包装得活泼又可爱，而等你满心欢喜将宠物买下带回家后，却发现它们“货不对版”，身上疾病不断，最后成为令人痛心的“星期狗”“星期猫”。

星期猫

那天，母女二人带着一只布偶猫来到我们医院，妈妈看起来很年轻，女儿是初中生的模样。她们说，这只布偶买回来不到一周，在别的医院确诊为猫瘟被拒收了，问我们这里能不能救治。同时，这位妈妈希望我能把猫咪真实的病情、治疗方案以及风险详细地跟女孩讲清楚。她想让女孩理性地对待这件事——小猫现在很痛苦，可以给它治疗，但是仍会有死亡的风险，如果最后结果不尽如人意，她也需要面对现实。妈妈又跟女孩说，若是她坚持要治疗也是自己的意愿，所以得自己掏钱，自己承担这个后果。

后来，妈妈私下对我说，布偶猫是女孩要养的，虽然买来还没几天，但是女孩一直在尽职尽责地照顾它，她担心万一猫咪救不回来女儿无法接受——即使孩子再明事理，终究也是孩子。她希望我从医生专业的角度，以科学的方式让孩子知道，猫咪生病，哪怕死亡都不是因为自己照顾不周。

我跟这位妈妈说，医生们会根据检查结果详细地跟女孩说明情况的，请她放心。

当时布偶猫的检查结果显示，它体内的白细胞数量已经比较低了，只有一点几，正常值是5.5到19.5，我拿着检查单跟女孩讲，白细胞数据这么低意味着猫有严重的病毒感染，而且身体机能无法有效抵抗病毒和其他感染，生命岌岌可危，这种情况下医生只能是尽力救治，如果救不活，她们最少半年都不能再接别的宠物回家，除非是疫苗全部打完、有足够抗体的。女孩听完，还是坚持要治，不愿意放弃。妈妈拗不过她，最后让她自己签字，自己付钱。

但是，女孩当天没有钱付。她问我"可以明天把压岁钱拿过来再付吗"，我同意了，她很守约，第二天中午放学就拿钱过来了，都是压岁钱攒的现金。我让她签了字，又跟她说清楚，每天住院加常规治疗的费用大概是五六百元，如果用到贵一点儿的药，费用可能会增加，具体增加多少钱我们会提前告知。她说可以，并拜托我们一定要尽力救猫。

女孩说，当时选猫时这只就格外瘦弱，也不是很精神，眼睛也有点分泌物，但因为它最好看，所以最后还是选择了这只布偶。现在想想，可能当时就已经有病毒潜伏了。

猫瘟的学名叫"猫泛白细胞减少症"，一般高发于没有打完疫苗的幼猫。猫瘟病毒会导致猫的白细胞降低。白细胞的主要作用是防卫，可以对抗细菌、病毒，白细胞数量下降说明身体失去了抵抗力，白细胞越低死亡率越高。猫瘟是有潜伏期的，大概 7 ~ 14 天，这只猫买回来之后没外出，没洗过澡，也没做任何检查，现在发病了再找商家，对方已经不承认了，因为这个病是没有办法追溯源头的，况且导致猫患猫瘟的因素很多，医生也不能在第一时间判断宠物是如何患上的。如女孩所说，可能在购买之前，猫身体已经存在猫瘟病毒了，只是没有发现，因为转换环境应激而引发。

女孩买猫的这种情况其实很常见。

有些黑心的商家发现宠物出现了猫瘟症状，会买试纸自己检测，如果结果是阳性，就打血清或者用一些药物治疗，还有的会给宠物摄入一些生物制剂，让它在到达买家手中的那几天看起来很有活力，一旦过了那几天宠物就会迅速病倒，这时候那些被骗的买家就很难去追究卖家的责任了。

有的犬舍、猫舍包一周——交接给主人后，会写清楚主人不能给宠物乱吃乱喝，不能洗澡，什么时间去打疫苗，有的商家还会签合同，允许顾客购买后去做检查，证明从卖出到顾客接手猫是没有问题的，一周内宠物出现问题可退还，超过一周概不负责。但是传染病是有潜伏期的，一周时间可能不足以发病。

女孩买猫时由于缺乏经验，并没有跟商家签任何协议来保证自己的权益，商家拒绝负责。

非常遗憾，猫在医院里治疗了三天之后，依然没有好转的迹象，最后在我们和主人的协商下，给猫实施了安乐死，这样也可以让它走得安详些。面对这样的结果，女孩很难过，但也不得不接受了现实。

除了将生病的宠物伪装成健康的宠物，有的无良商家还会用外貌相似的普通宠物充当昂贵品种的宠物来销售。

有段时间茶杯犬特别火。从字面上就知道，之所以被叫作“茶杯犬”是因为这种狗一个茶杯就能容身，它们体型娇小，不到 20 厘米，大家都喜欢把它们放到大茶杯里，只露出脑袋，拍起照来娇小可爱。

我们遇到过一位六十多岁的大叔，他带着一只巴掌大小的灰色泰迪来医院就诊，泰迪看起来瘦得皮包骨头。我让大叔带着狗先坐下等会儿，当他把狗放在椅子上让它站着时，泰迪有点像人低血糖时的样子，摇摇晃晃的，似乎随时会晕倒。

我问大叔，泰迪多大了。他说，卖家说有三个月大了，狗是女儿买的，好几千块钱——当时茶杯犬的价格被炒得很高。我给泰迪称了下重量，还不到 500 克——三个月大的泰迪还不到一斤重。我又问大叔狗买来多久了，他说快一周了，就是卖家让带狗到医院检查，如果没有问题就可以打疫苗了。我继续问大叔，泰迪最近吃喝、排便情况如何。他说女儿特意交代了，这种茶杯犬不能多喂，一天就吃几颗狗粮，每天大便也很少。买的时候卖家就说这种狗一天只需要吃四顿，一顿吃五六颗狗粮——不是克，就是很小的一颗一颗的狗粮。

我听完都惊呆了，让大叔等一下，我去拿点狗粮，大叔极力反对说狗不能多吃，卖家说吃多了会撑死的。我当时特别无奈，跟他讲，狗狗体温不足37° C，属于低温状态，体重又那么轻，很明显是“吃不饱穿不暖”的状态。这样是打不了疫苗的，需要达到标准体温、体重才行，要不然打疫苗可能有死亡风险。我又告诉大叔回去以后每天要喂多少，食量要慢慢地逐步增加，再不给它吃饱，狗真的会低血糖休克的。如果真的是小体型的茶杯犬，不管喂它多少，它都不会长大，而不是靠少喂让它长不大，大叔这才恍然大悟。他说要跟女儿说一下这个情况。

我又问，狗是不是还在喝奶，他说就是偶尔给它喝一顿。我告诉他，往奶粉里面加一点儿葡萄糖，因为量喂得太少了，如果一次性增加狗粮的话，这种小狗的肠胃会不耐受，容易引发别的问题，所以高糖混在里面能多补充点能量。

最后，我又跟大叔重申了一遍，狗粮要逐步增加，现在每天五六颗，慢慢增加到十颗、十几颗，观察排便是否正常，等达到标准体重再过来打疫苗。疫苗没打完前，不要给狗洗澡，也不要带它出门了。

一周后大叔带泰迪来复查，他说确实是喂少了，因为增加食量后，狗每次都迅速吃完，根本不是“胃口小”只能吃几颗狗粮。就这样慢慢增加食量，狗的体重达到正常标准后终于打完了疫苗。

猫的“头号杀手”猫瘟，可防可控吗？

猫瘟的学名叫作“猫泛白细胞减少症”，是由猫细小病毒引起的疾病，它会让猫的所有白细胞大量减少甚至消失。白细胞的溃败，预示着身体完全丧失了对病毒的防线。猫瘟高发于一岁以下的幼猫，这对免疫系统尚不成熟的幼猫来说几乎等于死亡；成年猫抵抗力较高，症状往往较轻。

猫瘟最典型的症状是呕吐和腹泻，最初的表现可能仅是食欲不振，偶尔呕吐，等到白细胞快速下降后，会出现严重的呕吐和腹泻，大量流失水分、电解质，引起脱水、电解质紊乱等症状。

猫瘟病毒主要攻击猫的胃肠道黏膜细胞和骨髓造血干细胞。胃肠道方面，病毒侵袭黏膜细胞，引发细胞坏死、脱落，导致肠道绒毛受损，进而影响肠道对营养物质的吸收，出现呕吐、腹泻等症状，严重时会造成胃肠道大量出血。对骨髓造血干细胞的攻击，则会抑制骨髓的正常造血功能，使得白细胞、红细胞和血小板的生成减少。

预防猫瘟最有效的办法就是接种疫苗。幼猫打满三针，成猫打满两针，基本就会产生足够的抗体了。可以每隔两年测一次抗体，如果抗体不达标再补打疫苗。

猫瘟病毒存活力强悍，没有注射过疫苗或者注射疫苗时机不正确的幼猫，如果接触患病猫的粪便、尿液、呕吐物，或者附着有病毒的猫砂盆、食盆、玩具等，都有很大概率被传染猫瘟；如果猫群中近6~12个月内有感染猫瘟又病愈的猫，同样有传染的风险。因此，遇到患病的猫一定要严密隔离，且时间至少超过一年。

故事06　“超重”的爱

——六名医生接力抢救一小时，与死神拉锯只为救回毛毛

如果你平时很爱自己的宠物，舍不得它饿着，把它喂得饱饱的、胖胖的，那么你一定要注意它的健康了。这份“超重”的爱，可能会压得它喘不过气来……

毛毛

2017年的一天晚上——作为一家24小时营业的宠物医院，已经到了即将开启夜间值班的时间——一位打扮精致的年轻女孩抱着一只英国短毛猫，急匆匆地走了进来。

这只猫叫毛毛，大概三四岁的年纪，特别胖，脖子上戴着一条小项链，下面吊着一个有主人联系方式的名牌，可见这个女孩非常爱她的猫。女孩说，她发现毛毛站不起来了，于是急忙把它带来了医院。

毛毛躺在女孩怀里一直用腹部呼吸，喘得特别厉害，眼睛也黯淡无神。医生看到毛毛这个样子，急忙用手托着它，把它带到急诊室。

院长接诊后直接把毛毛转进ICU，先给它吸氧，让它呼吸顺畅一些，同时让护士准备手术室。因为毛毛是急诊，来时已经生命垂危，医生也无法预测会出现哪些突发状况，只能提前准备好手术室，一旦需要急救可以立即实施手术。

为了给毛毛查是否存在严重心脏疾病，我们把做心脏超声检查的B超机挪进了ICU——因为毛毛呼吸困难，当时不方便反复挪动。宠物的心脏超声检查和人们常做的B超检查类似，区别是前者是查看宠物整个胸腔的情况，后者是查看人们腹部情况。

B超机就位后，医生立即给毛毛做心脏超声检查。初步诊断，毛毛心肌肥厚并伴有先天性心脏病。猫的肥厚型心肌病大多是突然发病，应激、剧烈运动、情绪激动、天气炎热等都可能是引发因素，一旦确诊心脏病就需要长期吃药了。

宠物像人类一样，在生命的危急时刻也有最佳抢救时机，一旦错过，存活的概率就会减少一半。因此，宠物医生们面对急诊时，第一时间都是以宠物的生命为重，先进行抢救，等宠物的病情稳定后，再跟宠物主人沟通，办理入院等手续。

在准备手术室的过程中，院长找到毛毛的主人，向女孩说明抢救毛毛过程中可能存在的风险，特别是手术风险。女孩了解清楚后，表示愿意承担风险，签署了一系列协议，拜托院长一定全力救治毛毛。

凌晨时，毛毛的病情总算有了一点好转，它的主人也安心了一些。宠物医院晚上会有值班医生，女孩看到毛毛情况稳定后就先回家了，走之前对医生护士们千叮咛万嘱咐，如果毛毛有异样一定第一时间给她打电话。

整个晚上，毛毛在ICU的状态都比较好，虽然出现过几次急喘的情况，但是医生及时注射了缓解的药物，稳定住了它的状况。

对毛毛的主人来说，这是一个难熬的夜晚，更是一个不断祈祷的夜晚——希望第二天能收到毛毛好转的好消息。可惜事情并不总是如人所愿。

第二天上午九点多，医生换班的时候，早班医生发现毛毛突然又喘了起来，跟昨天晚上初来时的状态一样，甚至更严重——整个舌头发干、发紫，是严重缺氧的状态。我们赶紧把毛毛带进手术室，立即联系院长，同时联系毛毛的主人。

毛毛在手术室的 15 分钟里，血压一直往下降，情况非常紧急。女孩一听当场就哭了，哭到没有力气站起来，她说想进去陪着毛毛，如果毛毛没有被抢救回来，她希望自己能陪它走完最后一刻。但手术室的空间不够——毛毛插着管吸氧，连着心电图、B 超机等很多仪器，还有医生、护士，无法再容纳一个人了。最后院长决定，把毛毛连同各种仪器一起移到中央处置区，这里比手术室大，方便女孩陪着毛毛说说话。

毛毛挪出来后，不到 5 分钟，它的心率开始往下降，医生们想尽办法也没能让心率回升……毛毛可能已经无力回天了，但是我们也不想就这样放弃。女孩一直恳求医生们救救她的毛毛，我们继续给毛毛做着心肺复苏。在场的医生们都知道，只要一停手，毛毛的心电图就会变成直线。只有主人还抱有最后一线希望，她说毛毛没有走，恳求我们不要停。

我们被女孩的情绪感染了，七八个医生轮流给毛毛做心肺复苏。十五分钟……三十分钟……六十分钟……毛毛的心率还是没能升上来。女孩终于接受了现实，对我们说算了吧，说着便滑坐在了地上，整个人顺着处置台躺下去了，医生们又慌忙去检查女孩——当时那个情景我至今难以忘记。

一个多小时的心肺复苏，对于医生来说，可能在前 15 分钟就没有任何意义了。我们都知道，其实毛毛在这时已经离开了，哪怕我们给它吸氧，给它做心肺复苏，它的生命也已经在一点点消散了，只是可能还存有一些没有完全死亡的神经。但这种事情我们没有办法理性地去跟女孩讲，冰冷的事实对她来说打击太大了。

当时我也很难过，默默地陪女孩流泪。毛毛让我想到了自己的猫，虽然我作为一名宠物医生，知道怎么预防疾病，怎么救治，但是真的到了它们生命消逝的那一刻，我也同样无能为力。不管作为主人还是作为医生，如果已经把该做的都做了，却还是无法挽回宠物的生命，就只能让它走得更舒服一些。

女孩边哭边责怪自己，是她把毛毛喂得太胖了，也没有定期带毛毛做体检，没能早一点儿发现毛毛患心脏病。也许正是因为太内疚了，她才更加无法接受毛毛的死亡——即使她知道心肺复苏一停毛毛的心跳就会跟着停止，也要自欺欺人，一直不愿意让我们停下来，因为她觉得如果连她都放弃了，那毛毛就真的没有任何救回来的可能了。

但是从医生的角度，我们希望毛毛在生命最后那一点点时间可以安详地离开，可以和主人好好地告别。

最后，我们把毛毛身上的器械拆掉，清理干净，把它抱到诊室，独留女孩一个人，没有任何人去打扰，让女孩再好好陪一陪毛毛，跟它说说心里话。

因为有女孩的微信，后来我们了解到，她把毛毛火化后用它的骨灰做了一件饰品，挂在身上，这样“毛毛”就能一直陪伴她。女孩又养了一只猫。但是经过毛毛这个事之后，她每年都会带着猫来做体检，也没有把猫喂养得特别胖。

虽然我们都觉得宠物胖起来非常萌，但其实肥胖会给宠物带来很多健康隐患。首先是会缩短宠物寿命。其次，行走时加重关节和腰椎的磨损，会出现关节疼痛等症状。肥胖还会增加心肺负担，容易造成呼吸困难，毛毛就属于这种情况。

跟人类一样，宠物肥胖也会带来血压、血糖、血脂的“三高”，增加患心血管疾病的概率，出现脂肪肝，如果一些猫出现了慢性呕吐的情况，那要考虑一下是不是患了胰腺炎。另外，肥胖宠物手术麻醉的风险也会大大增高，母猫还会出现难产问题。因此，建议大家科学喂养宠物。

虽然女孩已经从失去毛毛的悲痛中走了出来，但是每次说起毛毛，女孩都很内疚，一直说是因为自己把毛毛喂得太胖了，是她养得不好。这已经成为她心里迈不过去的坎儿。

我们自认为的爱，可能会给宠物造成难以逆转的伤害，这个教训也让我一直铭记在心。

如果猫出现腹式呼吸症状，

主人们就要注意了

猫用胸腹式呼吸才是健康状态，如果出现腹式呼吸，说明猫已经呼吸困难。腹式呼吸是通过腹部的扩张、收缩进行呼吸，那么，主人如何判断猫是否为腹式呼吸呢？

首先看猫的呼吸频率。健康状态时猫呼吸频率为20~50次/60秒，腹式呼吸时肉眼可见猫的呼吸频率变快，肚子“一抽一抽”的，有的猫咪甚至会张口呼吸。看舌苔的颜色更明显，舌苔会呈蓝紫色。

引发腹式呼吸的常见病症之一就是心脏病。可能导致猫心脏病的因素有：外界刺激造成的应激、先天性心脏病、肥胖造成的心脏问题。因此，在日常生活中，尽量让猫处在相对安稳的环境中，控制饮食，适当运动。

肥胖是猫最常见的导致心脏问题的因素。那我们平时该如何给猫控制体重呢？一、定时定量的投喂。对于猫来说可能比较困难，因为猫每次吃得很少，所以一天吃十几二十几顿都是有可能的。有条件的宠物主人可以借助自动喂食器或者每天少量多次给猫添加食物，根据自家宠物体重控制一天的饮食热量摄入。二、选择高蛋白、低脂肪、低碳水的食物。三、适量运动。如果是不喜欢主动运动的猫，可以用逗猫棒或者猫薄荷诱导它运动，切记不要过度。

故事07　“生死”选择

——狗狗无法自理，

六旬夫妇用“安乐死”送走相伴 14 年的 Sunny

当你的宠物饱受病痛折磨又回天乏术，在你面前奄奄一息时，你脑中会闪过“安乐死吧，让它在生命的最后时刻舒服离去”的想法吗？如果真的走到安乐死那一步，你真的能果断决定吗？

Sunny

在我国，对人实施安乐死尚未合法化，但宠物安乐死已经很常见了。只是，这种涉及生命的措施必须在医生和宠物主人双方认可的条件下才能进行。

宠物主人选择给宠物实施安乐死时，需要签署相关协议，而且有一定的条件，比如：宠物已经走到生命的尽头，在一定生理和病理的情况下，医生已经没有办法对宠物病情的预后做任何评估，哪怕再进行治疗，也只是让宠物苟延残喘地痛苦活着。这种情况下，医生会建议主人考虑给宠物实施安乐死。但是，如果宠物只是患了重病，还有治愈的希望，在医学上还有药物或者某些治疗手段可以施救，医生是不会建议对宠物实施安乐死的。

给宠物实施安乐死时，会先打一针镇静剂——丙泊酚，又被叫作“快乐牛奶”。待宠物稍微镇静之后，再给它们安乐药，让它们安详地离开世间。

2021 年，我一个月内接连参与了两个宠物安乐死的病例，其中就有 14 岁的 Sunny。

Sunny 的男主人六十多岁，来医院咨询过两次安乐死，两次都是我接待的他。他可能担心询问这样的事会被别人认为是缺乏人道主义精神，又或是害怕这是违反动物保护法的，所以问得很隐晦，小心翼翼地问我有没有“那种”业务。

我问他家里的宠物是否生活已经没有办法自理了，比如无法进食、无法自主排便，如果是这样可以考虑实施安乐死，但是需要主人签字。随后他又咨询了所需要的费用和安乐死的具体事宜，但当时没有下定决心。他说 Sunny 是女儿大学时候开始养的狗，一直陪伴女儿到她出国。女儿也知道 Sunny 年纪大了，很是挂念，所以他想等等，看能不能等女儿回来再说。加了我的微信后，他就离开了。

又过了几天，这位男主人发微信跟我说，狗的状态不是很好，已经没办法站起来了，问我现在能不能实施安乐死。我让他先带 Sunny 来医院看下具体情况。因为我们不能只听主人的描述就做判断，主人不是专业的医生，他可能不清楚宠物到底什么样算病重，也许并没有到要实施安乐死的地步。我也跟他讲，如果还有办法，我们会尽量延续 Sunny 的生命。于是，他带着老伴儿，抱着生命垂危的 Sunny，再次来到了医院。

Sunny 是一只 14 岁的苏格兰牧羊犬，特别瘦，看着不足十公斤的样子，已经是皮包骨了，牙齿也快掉光了。女主人焦急地问，还能救吗？要是能救，花多少钱都救！她边问边哭。

我给 Sunny 测了体温，已经低于 37° C 了，还严重脱水，身体机能正在一点点流失。这种情况，估计狗在家里也无法进食，可能撑不过一周。用药的话可以延续几天，但是 Sunny 年纪大，身体状况又这么差，能用的药也很有限。所以我建议给 Sunny 查一下肝肾功能，如果肝肾功能已经衰竭，那就真的不可逆了，我们只能放弃；如果只是有一点衰竭迹象，那我们就尽力搏一搏。夫妇俩又有些犹豫，最后没有做检查，把 Sunny 带回家了。

当主人真的面临“生死”选择之际，很多时候会先选择逃避，因为不愿意接受现实。但是，有些选择无法永远拖延下去，更无法逃避。逃避，可能会导致更糟糕的结果。

隔了两天，他们微信联系我，说要带 Sunny 来做检查。

当夫妇二人再一次来到医院，他们好像已经做好了面对现实的准备。女主人说，那天她怕做完检查后，医生直接告诉她当天就要给 Sunny 实施安乐死，她接受不了。我跟他们说没关系，让他们再想一想，又从医生的角度诚恳地跟他们分析了 Sunny 的身体状况，也跟他们说明 Sunny 的情况肯定拖不了太久。

我能理解他们的犹豫——想让Sunny撑到女儿回来，但是Sunny现在已经没有办法站起来了，无法自己大小便，需要人抱着上下楼排便，这对两位六十多岁的老人来说很吃力。两个老人和一只年迈的狗，就是三个“老人”相依为命，但凡哪个出一点意外都很棘手。

我们给Sunny做了生化检查，肝功能和肾功能指标都已经超出正常值十几倍；拍了腹部B超，看到整个胃肠道都是空的，没有任何东西，它没有办法再进食，胃肠道功能也在减弱。

我把检查结果拿给二老，跟他们商量，可以先输液看看指标能否下降，稳定住Sunny的状态。不过，输液只可以拖延一时，Sunny各个器官都在逐渐衰竭，身体确实是扛不了多久了。如果他们真的不愿意Sunny这么“辛苦”地活着，那我们就让它舒舒服服地走。

虽然二老来医院前已经做好了心理准备，但真正要面对生离死别，他们还是犹豫了。我给Sunny输上了葡萄糖补能量，然后离开了诊室。但我作为医生，清楚地知道Sunny年纪大，各指标又很差，不可能因为输一两个小时液就能活蹦乱跳起来，这是不现实的。

二老对此其实也很明白。他们就在诊室里面坐着，坐了很久。输完液之后的Sunny，还是没有办法站起来，只能一直躺在那里，偶尔稍微抬抬头，可不到一秒钟又把头低下去了。看了许久，二老终于下定决心签字，给Sunny实施安乐死，我们医生支持了他们的决定。

十几年的陪伴终究形成了一段难以割舍的情感，他们想在诊室里再多陪一会儿Sunny，还想给女儿打个电话，但是又不想直接告诉她结果，只说来医院住院或者寄养，让她有个心理缓冲。如果女儿要向医生咨询情况，希望我能帮着撒一个善意的谎言。我说，没问题。

他们陪着Sunny，从中午一直陪到了下午五点，终于放手让我把Sunny抱进手术室，他们在外面等着。我抱着Sunny，更真切地感受到它轻到只剩下骨架的重量了，刚给它注射完“快乐牛奶”，它的心跳就几乎没有了，只注射了一点安乐药，心跳就彻底停止了。结束之后，我们给它盖上了从主人家里带过来的小毛巾、小毯子，叫主人进来做最后的道别。

火化后他们没要Sunny的骨灰，怕女儿回来后看到难受，就不要留作纪念的东西了，一切都放在心里。

Sunny的两位主人情绪一直都是又理智又感性，不论是作为医生还是养宠人，他们几次三番来医院咨询的心路历程和情绪起伏我都能感同身受，非常理解在面对这种生命尽头的重大抉择时的犹豫与纠结。

他们第二次来的时候，肉眼可见的悲伤与不舍。女主人面色苍白——可能自己身体也不是很好，男主人看起来也很难过，但还是不停地宽慰妻子。女主人哭得很伤心，一直反复跟我说第一次来的时候，真怕当天就要跟 Sunny 告别，它就像自己的孩子一样，接受不了。

他们第三次来的时候，情绪平稳了一些，只是压抑着悲伤罢了。理智让他们面对现实，决定给 Sunny 实施安乐死，但是内心却备受“迫于无奈、没有办法”的情绪煎熬。

作为一名医生，我把所有的利弊都说给他们听了，如何做选择我都会尊重他们，毕竟 Sunny 跟他们相处的时间最久，他们也最了解 Sunny 想要的是什么。

安乐死其实并不难，只需要注射一针小小的药剂，然而，要做出安乐死的决定却不是那么容易，主人不仅要说服自己接受眼前的事实，更要有勇气承受宠物安乐死之后的悲伤。

别的医生我不太清楚。但我自己也有养宠物，我刚入行的时候心里就有想过，如果我的宠物出现这种情况了，我会不会给它实施安乐死？我的答案是肯定的。

大部分主人会有内疚、自责的心理压力，他们会觉得自己做这样的决定是冷血无情、不负责任。然而我觉得不是，它是你的宠物，也是你的“伴侣”，它对你的情绪非常敏感，你的喜怒哀乐它都有感知，你开心的时候它会很欢脱，你难过的时候它会安静地陪着，主人和宠物之间是有交流的。没有养过宠物的人可能无法理解这种状态，但是对于养宠的人来说，这是很正常的现象——跟宠物去交流、沟通，了解彼此的感受。

所以作为一个主人，假如我家猫或者狗真的到这个地步，哪怕我能给它做化疗，哪怕我能给它换肾，哪怕我有给它治疗的方案，如果解决不了根本的问题，只是让它痛苦地活着，没有生存质量，那我会跟它商量，告诉它我选择让它舒舒服服地走，不要让它最后的这段时间再被病痛折磨。

我觉得这个选择是主人的权利，是主人可以替宠物做的一个比较好的决定。

年龄多大的宠物需要定期做体检，要做哪些项目？

一般来说，我们将六个月以下的猫狗称为“幼年动物”。如果是中大型犬的话，幼年期可能会持续到一岁。因为大型犬骨骼的生长发育时间会长一些，所以在一岁以内都算幼年期。

幼年期的猫狗需要定期打疫苗，定期驱虫；体检基本就是清洁耳道、粪结等常规项目。成年的猫狗建议每年定期做全身的检查，跟我们人定期去做健康检查是一样的。要查哪些项目呢？

一、血常规。看一下红白细胞有没有异常，有没有贫血，有没有感染等情况。二、拍X光片。看一下它们的骨骼关节有没有异常。有一些宠物容易髋关节发育不良，是可以通过体检看出来的，防患于未然。三、生化检查。检查内脏功能比如肝肾、胰腺，或者肌酸激酶等跟肌肉骨骼这些发育有关的一些酶，可以帮助医生判断宠物的整个身体状况。

如果不能每年去做，建议四五岁以内的宠物，隔一年或者两年做一次；六岁以上的宠物每年或者每半年做一次体检，需要做血常规、生化、B超、X光检查。如果家里宠物比较贪吃，比较胖，还需要加胰腺检查和心超检查。

如果每年都能带宠物做体检，能及时发现它整个指标的起伏。如果突然哪一年的指标有异常，就需要警惕了，不至于到宠物病重时才发现它有这个疾病。因为猫狗的耐受力是很强的，很可能已经病了很久都没有异常，等发现的时候，也许已经不吃不喝很多天，再送到医院可能就来不及了。

故事08　解决“麻烦”

——买来一周的柯基感染传染病，他想给狗实施安乐死

这个世界很大，但在同一个时刻、同一处地方，有人愿意为了治疗一直陪伴自己的宠物四处奔波，甚至不眠不休；也有人只想享受宠物陪伴的欢愉，一旦需要自己承担做主人的责任，就怕花钱、嫌麻烦，毫无心理负担地抛弃宠物。

有时候，养宠物并非我们想象中的那样简单，当面对棘手的情况、需要主人担负起更多的责任时，你有没有产生过撒手不管，甚至是丢弃它们的念头……在宠物医院，丢弃宠物这样的事情并不少见，我曾经遇到过一只被弃养的柯基，让我印象尤为深刻。

小柯基

那天，一位戴帽子的高瘦男人抱着一只两个月大的小狗来就诊，他说狗最近总是打喷嚏、流鼻涕，没有精神，吃得也少。我问主人，狗叫什么名字，男人说还没取名。因为是一只柯基犬，我们就临时给它登记了个名字——小柯基。

幼年期的柯基正值很活泼的年纪，如果不是因为病得比较重，不会一点儿精神都没有。我检查了一下，小柯基的鼻子都被大浓鼻涕堵住了，测了体温，已经到了 40° C。我向主人询问了一些小柯基的情况。男人说，因为家里孩子想养一只狗才买的，卖家说两个月大了，到家不到一周，就出现流鼻涕、打喷嚏的情况，他自己上网搜了相关症状，怀疑是狗常见的细小、犬瘟这样的传染病，才带来医院的。

他问，是传染病吗？我说，需要进一步检查才能确诊。他又问，如果检查出来真的是传染病，能治好吗？我告诉他，不能保证百分之百治愈，因为传染病会有一定的死亡风险，特别是犬瘟这种烈性传染病，死亡概率会更高。

他沉默了一会儿，又继续问传染病的治疗需要花费多少钱。我向他做了详细说明。就这样，在反复询问“能否治好”以及“花费多少”的过程中过了二十多分钟，男人才同意先做检查看看。随即，我们给小柯基做了传染病筛查。

检查之后，小柯基确诊感染了犬瘟热病毒，属于烈性传染病，死亡率很高。这种病毒可以通过空气接触传播，而且传染速度很快，很多医院都不愿意接收此类病例。小柯基待过的地方都要严格消毒，它在家里用过的所有东西都不能再给其他狗用了。

虽然小柯基是到了男人家之后才出现症状的，但是感染的时间没有办法判定，因为它没有打完疫苗，加上两个月就被卖了，更换环境的应激也会导致它的免疫力下降，增加感染病毒的风险。即使是从业多年的宠物医生，也无法判断小柯基是如何感染病毒的。

我把检查结果告知主人后，男人的神色惆怅起来。可能是因为刚买没多久，还没有建立起深厚的感情，他很犹豫。他说，如果花了这些钱能治好，那他愿意治疗，但是医生没有办法给他这样的保证；可是不治，他又过不了心里那一关，毕竟是花钱买的。

当真正面对患上传染病的宠物时，不是每个主人都愿意花费金钱、时间和精力为它治疗的，有的主人甚至会在宠物确诊病症的时候就选择放弃。

对于这种传染性疾病，医生会给出一个治疗周期，看宠物的恢复情况，讲清楚治疗费用，并不会无限期地治疗下去。比如，治疗三天或者一周，看是会好转还是会加重，然后再调整治疗方案。如果一个治疗周期后，宠物病情好转，我们会跟主人建议继续治疗。

我建议他可以先跟卖家协商，共同承担治疗费用。但是男人说，卖家之前就说了售出后概不负责，并且他也不想花精力去交涉。他说，现在真是太麻烦了，花钱也不确定能否治好，又不能随便把它放在外面，诶！那能不能安乐死呢？

男人这“灵光乍现”的主意，让我有些吃惊。给宠物实施安乐死是需要主人和医生双方都同意的，而且有限定条件。像小柯基这种情况，还远没有到无计可施的地步。秉承着医生的职业操守，我当即否定了男人的要求。

我还给他提议，如果他不想浪费时间和精力，可以选择签弃养协议——把小柯基放在医院，我们尝试去救治，不管最后小柯基的状态如何都与他没有关系。况且小柯基现在还能吃能喝，只是出现了一些症状，哪怕它携带病毒，我们也愿意承担风险让它住院治疗，但是我们不能接受现在对它实施安乐死，希望他慎重考虑。

男人让我等一下，他跟家里人打电话商量。五分钟后，他回来了，说同意签弃养协议。男人选择放弃他的宠物之后，我们医院决定自费继续给小柯基进行治疗。

小柯基发烧和肺部感染的情况都比较严重，输液治疗了三天，前两天还能稍微吃点东西，第三天开始就没有办法进食了，甚至开始腹泻。它的各项指标都不太好，随时有可能死亡。第四天晚上，小柯基的状态更差了，我心里已经有了预期——如果当天晚上能撑过去，那它可能还有一线生机；如果撑不过去，那治疗也没什么意义了。令人惋惜的是，在医生们的全力救助之下，小柯基依然没有好转，最后还是离开了这个世界。我们也通过微信告知了小柯基原主人。

宠物被弃养真是见多不怪了。我们医院就经常遇到被丢弃的小动物，被随便装在纸盒里，丢在医院门口，有的是身有残疾，有的是得了小病，还有的也不知道什么原因。我们看医院的监控录像，都是半夜过来丢弃的。如果你没有办法对宠物负责，可以去找愿意为它负责的人：带到医院去，明确跟医生说你没有办法承担照顾宠物的责任了，让医生帮助想办法；也可以发领养公告，或借助周边的朋友，找好心人收留；现在也有很多流浪动物救助机构都能提供帮助，但是你不能把它悄无声息地直接扔在医院门口，或者公园、垃圾桶。

只要你想，总会有更好的处理方式。请善待你的宠物！

新养宠物应该做好哪些准备？

不管是领养还是购买，首先要做的是在宠物两个月的时候开始打第一针疫苗，主要是联苗，什么叫联苗呢？就是很多种病毒都能预防的疫苗。正常第一年需要打 3 ～ 4 针，狗每针间隔 21 天，猫每针间隔 28 天。

打疫苗之前，要确保宠物是健康的状态——吃喝、大小便都无异常，大便正常呈条状，不拉稀、不呕吐；没有咳嗽、打喷嚏、流鼻涕等情况。疫苗没有打全之前，尽量不要洗澡，也不要过多外出跟别的小动物接触，因为不确定外界的环境有没有存在病毒。打完疫苗一周后再洗澡。

如果是购买的宠物，刚接到宠物时，建议到医院去做个详细的排查，发现有问题可以当下跟卖方及时核实；如果接手回来，不去做检查，一段时间之后才发现猫狗有异常，时间越久商家越不愿意承担责任。尽量选择有书面售后协议的正规渠道购买，因为现在很多商家是做活体繁育的，产业链成熟，有一定能力解决问题，不至于让宠物被弃养。购买时最好挑选精神好的、活泼的、外表比较干净的宠物，如果发现屁股脏脏的或者眼睛脏脏的情况，不排除有疾病隐患。

当生命无法挽留的时候，我们能做的就是给予它离开这个世界前的最后一份尊严——与它郑重地告别。然而，举办一场告别仪式很容易，但要从心里真正地告别却是艰难的……

离别篇

讲述人：宠物主人

如果死亡不可变，那我们好好说再见……

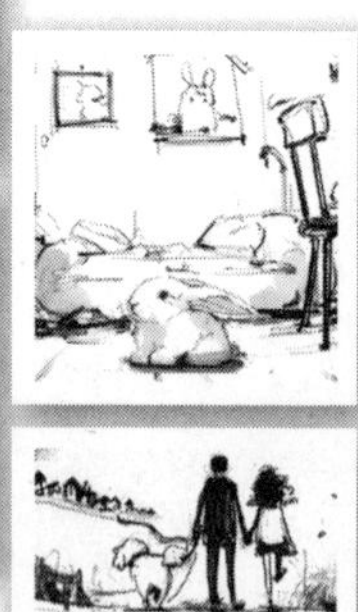

陪伴有时是一种安慰剂，

它让我们难以察觉时间悄无声息地流逝，

或许直面离别的那一刻时间的痕迹才显露无遗。

故事09　彼此的影子

——20年陪伴，甚至觉得它是我理想中的“伴侣”

淘淘陪伴Stacy度过了二十年——从小学时代到步入职场，淘淘成了她生活中不可或缺的家人。淘淘生命的最后时刻，Stacy温柔而坚定地陪伴在它身边。

Stacy和淘淘

大家好，我是Stacy，大龄单身女青年，职业是眼科医生。

我的猫名字叫淘淘，在一个机缘巧合下来到了我家。淘淘原本是我小姨的追求者送给她的礼物，但因为我小姨有严重的过敏无法饲养，就转而留在了我家，那一年是2003年，一转眼，淘淘已经陪我度过了二十年的时光。

很多人会为父母、孩子或者爱人，去做一些本不愿意做的事情，包括承担一些非必要的压力。我也会为了淘淘这样做，因为它早已不单纯是宠物了，它是我的家人，是我生活的意义。

淘淘来到家里的时候已经有八个月大了。我仍记得我们第一次见面的场景：背着小书包的我一推开门，就看到一只漂亮的大猫咪在屋里走来走去，雄赳赳气昂昂，像一只小狮子似的逡巡着自己的领地。淘淘的脾气特别好，本来嚷嚷着不养宠物的父母，在几天的相处之后就被淘淘“俘获芳心”，不知不觉维持了长达二十年的家人关系。

二十岁高龄的猫，相当于人类的一百岁了。最初养淘淘的时候，我只当它是我的宠物，是一只可爱的小动物。但这份感情在时间中逐渐沉淀，我甚至觉得它是我理想中的“伴侣”。它趴在被子上陪着我，却又不烦我；我心情不好的时候，它会用爪子拍拍我，安慰我……最令我难以忘怀的是那些融入生活中的每一天、每一个细节里的小事——我与妈妈争吵时，淘淘来劝架；我从猫咖回家后，淘淘会产生浓浓的醋意；我失恋后它温暖陪伴……我想，每个宠物主人，就是在这种日复一日的陪伴中，对宠物产生了依赖。它们也慢慢成为我们记忆中无法抹去的存在。

记得高三时，我的学业压力非常大，第二次模拟考试考得不是很好，周五晚上回到家因为成绩跟妈妈爆发了一场激烈的争吵。淘淘就在我和妈妈之间急得团团转，一会儿冲我叫一下，一会儿冲我妈叫一下——它在试图劝架。之后我掩上房门，趴在桌子上发泄地哭泣，突然发现左边有一团影子在动，抬眼就看到淘淘费力地用前爪扒着最高的抽屉的把手，认真地看着我，喵喵喵地叫。它站起来差不多和桌子一样高，它就保持这个站得笔直的姿势，努力地踮着脚，陪了我好几分钟。这一幕深深地印在了我的脑海里，至今难以忘怀。

第一次去猫咖是和同学们聚会。同学们都向往传说中的“吸猫”，而猫咖在当时也比较流行。于是乎，我们就一起去猫咖喝咖啡、撸猫。但当我从猫咖回到家后，淘淘蹲在门口看着我，它吸了吸鼻子，满脸都是不可置信的表情——我被“捉奸”了。后来我再也没有去过猫咖，我实在受不了淘淘闻到我身上带着别的猫的味道后，那个伤心且质问的眼神。

淘淘能感知我的情绪。我失恋了，伤心地在家里放声歌唱悲情曲目，它会不停地扒我的手，又扒我的腿，喵喵喵地问我“怎么了，不要难过好不好”。淘淘也能感知我的身体状况。我发烧到三十九摄氏度，有气无力地在床上躺了一整天。它就全程窝在我的枕头上，当我的脸朝向淘淘时，它就用舌头轻舔我的脑门，试图给我降温。就这样，我靠着它软乎乎的身体，踏踏实实地睡了一天，退烧了。

陪伴有时是一种“精神麻醉剂”，让人难以察觉时间的悄然流逝，直到淘淘生病的那一刻，时间的痕迹才显露无遗，我才意识到淘淘已是一只十九岁的老猫了……

真正意识到它生病了，是 2022 年 5 月。一天晚上，我 6 点下班回到家，爸爸跟我说淘淘快不行了，让我去看一看。它趴在我的床上，软趴趴的，抱都抱不起来。我们当晚去了家附近的一个宠物医院抽血化验，医生诊断是急性胰腺炎。输了两天液之后，淘淘基本上又恢复到往常一样的状态。或许是那家医院比较小，医治相关疾病的经验不足，医生当时只跟我说要小心猫的肾衰情况，并没有说多严重。

直到11月，频繁被封在家里的那段时间。有一天晚上我正在打电话，淘淘从我面前走过，我忽然发现它有一条腿不沾地，像崴了脚一样。我赶紧去摸它那条腿的肌肉，并没有发现什么异常。过了两天可以出门了，我赶紧带它去了一个比较有名的专治猫肾衰的专科医院做检查。抽血化验、B超等一系列检查后，医生委婉地告诉我，淘淘的肌酐指数超过1000μmol/L（成年猫正常值为71–212μmol/L），属于四级肾衰。让我好好珍惜和它的相处时间。

我问医生还可以相处多久？在得知只有三个月时间的时候，我抱着淘淘，眼泪吧嗒吧嗒地掉了下来……后续的时间就是陪它输液，对于年老的猫来说，需要格外控制输液的入量和流速，所以一输就是一个下午。它在猫窝里乖巧地趴着不动，即使是人类也很难坚持在医院的输液室坐六七个小时。但是淘淘是最棒的小猫咪，趴累了就在我的帮助下起来转一个身，再趴下一动不动。我就这样陪它输了三天液。

知道它生命只剩三个月的时候，我就开始在网上搜一些关于如何做好宠物临终关怀的视频，看到说宠物在知道自己快要离开的时候会有一些行为上的改变，比如：平时不舔人的宠物，突然开始舔主人了，说明距离它离开已经不远了。我突然想起，去年我还在朋友圈抱怨过淘淘为什么要舔我的脑门儿，我发际线都保不住了。半年之后的今天，我看着这个关怀视频，无声地哭了。

其实，淘淘去年一整年都非常黏我，黏到什么程度呢？我晚上回到家坐在椅子上加班，或是看书的时候，它一定要趴在我的腿上，只放爪子或上半身在我的腿上，或者趴在我旁边垫子上，它都不能接受，必须要整个身体完全趴在我的腿上；睡觉的时候，它也一定要在我的枕头上。我之前对它这些行为的改变没有什么意识，现在想起来，这些都是淘淘要离开的预兆。

虽然我不是内科医生，但是也大概知道肾衰这种器官退行性疾病，除非器官移植，否则没有任何方法能够治愈。我想知道如何延长淘淘的生命，网上的宠物医生建议皮下补液。虽然淘淘在宠物医院扎针，包括套管针、埋针，取血什么的，都非常配合，整个过程都不用带伊丽莎白圈，护士都说从没有见过这么乖的猫。我想，回家我给它做补液应该也没问题，结果它一针都不让我扎。既然分别的时间已成定局，那就不要再给它增加痛苦了。于是，后续就没有给它做补液的治疗，只是改善了一下猫粮成分，让它多喝水。

在确知无法治愈的情况下，对一只已经到了“期颐”之年的老爷子猫来说，最好的方式是给予它更多的关爱和陪伴。我决定将淘淘留在家中，尽心照顾它。然而，淘淘的离去却来得异常突然。

2023年临近春节的时候，淘淘身体明显不行了。它生命倒数第五天的时候，开始出现腿部无力，走不太动了；倒数第四天的时候，它还能挣扎着上厕所；倒数第三天，它基本上没法从床上下来。体温低得可怕，我用电热毯围住它，帮它取暖；倒数第二天，它的眼睛无法完全闭上，角膜是干的，能喝一点儿水，但是喝完水之后，马上尿出来，尿都是清澈的，已经失去了肾功能；最后一天，淘淘已经没有角膜反射了，我给它涂了点红霉素把角膜封上，避免它的角膜产生干燥斑。

大年初二的下午，我觉得淘淘就要离开我了，就一直在床边陪着它。它生命最后一个小时的时候，呼吸突然加剧，盖着小被子也能看到它整个胸廓的扩张程度比之前要大得多；最后两分钟，它突然发出了一声呜叫，然后开始抖动，然后喘气的频率慢慢下降——之前正常呼吸可能一分钟十几二十次，这段时间一分钟就呼吸四五次，间隔越来越长……越来越长……直到咽下最后一口气。我知道它真的离开了。

最后几分钟的时候，我想对淘淘说你走吧，不要硬撑着陪我了。但是淘淘真的走了之后，我从最开始盼着它走的心情中一下子挣脱出来，变成了一种茫然。我看着它，很伤心，心里想着接下来该怎么办？我从网上搜索到了一家还在营业的宠物丧葬店。电话联系后，我抱着淘淘赶过去。

他们先给淘淘做了一个清洁，把毛重新吹得蓬松干净，接着做一个小型的告别仪式，一方面让淘淘可以走得体面一些，一方面也让还在迷茫无措的我，找到一个情感宣泄的窗口。因为正值春节之际，没办法给淘淘单独火化，只能先寄存，把它的照片贴在告别相框里后，我抱着空盒子回家了。

以往，每次到家开门，淘淘都会哒哒哒哒跑过来接我，但以后，我再也看不到它了。我剪下了一撮淘淘的毛放在玻璃罐里留作纪念，就那样抱着淘淘的照片、抱着玻璃罐哭了一宿。

我发了朋友圈，也发了小红书。我希望这段感情可以被更多的人了解，也希望在讲述我和淘淘的故事过程中能够将散落的记忆一一收拾。

淘淘陪我走过了小升初、中考、高考、找工作，各个不同的人生阶段。它已经成为我很重要的精神寄托，虽然猫并不会说话，也只是看似懂我的心情，但是我伤心难过的时候可以抱它、可以跟它说话，现在它不在了，我总觉得心里有一片空洞，无法填补。虽然我心里知道离开的终究无法挽回，但在短时间内，依然难以直面这种情绪。

我记得有部电影叫《那些年，我们 起追的女孩》，里面有句话说，你其实并不是有多么喜欢这个姑娘，你喜欢的是当年喜欢这个姑娘的你自己……这大概也是我对淘淘情感的写照——它陪着我走过了一段非常有价值的人生，这件事情是很有意义的。总结来说就是，我的父母养育了我的身体，我的猫咪涵养了我的灵魂。

据说，宠物的性格和宠物的长相会越来越接近主人，我们家有三只猫，哪只猫跟自己关系更好一点儿，更加心意相通，其实都是自身的写照。淘淘跟我非常契合，某种程度上来讲，它是我的影子，我也是它的影子，我和淘淘互相成长陪伴，彼此成为更加完整的自己。虽然比喻可能不太恰当，但是你选择了一只猫咪，并且和它相互喜欢，一起生活，其实跟选择一个伴侣是一样的，你可以从宠物身上看到自己的样子，也可以在它面前做一些自己的情绪处理和状态复盘。

淘淘是一只非常帅气的大猫，脾气非常好。后来我都叫它“帅老爷子”，为什么呢？当一只猫养了二十年之后，它看你的眼神已经不像一只猫了，其中充满了各种情绪。我同学来家里玩，淘淘一点都不怯场，它会先进来看看，噢，是你们来了，然后甩着它漂亮的大尾巴在大家面前走一段。我把它抱起来，说“你们看我的猫特别好，可以随便抱”，然后把它塞到小伙伴的怀里。它就一副“你可真烦，但是看你们都这么小的份上，就让你们抱一抱吧”的表情，十分包容。有时候晚上十一点我还没有睡觉，但是它觉得我该睡觉了，就会默默地趴在我身边，仿佛在守护我。等我洗漱完躺下的时候，它就会跳上来，找一个舒服的位置陪我一起坠入梦乡，这就是它对我的守护、陪伴，用它的方式宠溺着我。

虽然我之前也独自承受工作和生活中的压力，但现在没有了淘淘的陪伴，相当于没有了能给我提供情绪价值的“人”，我深深地感觉到很多事情都是自己独自在扛，情绪崩溃了好几次。我觉得，如果淘淘还在的话，我的情绪应该能够更平稳吧！

现在我们家还有两只猫，但它们都不是陪了我二十年的淘淘。淘淘对我的意义很不一样，就像曾经有一块阳光照耀下的草坪，你累的时候可以躺在这个草坪上晒太阳，而现在这个草坪变成了一张照片，虽然你每次看到的时候会微笑，会想起当时躺在这个草坪上晒太阳的舒服感觉，但是它现在仅仅只是一张照片了。

我不太喜欢面对严重疾病时那种无法掌控的状态，所以现在每年都会带猫去体检。我认为生老病死这个课题不应该去逃避，清楚地知道它们在生命的哪一个阶段有什么需要注意的事情，起码可以让自己做到不后悔。

一定要重视宠物反常的行为，珍视它们对你的情感。最重要的一点，尽可能地在当下、在每时每刻表达你对它的喜爱，告诉它你爱它，别等到最后一刻发现还有很多话已来不及说。人也如此。

宠物丧葬行业是个非常好的行业，可以为我们对宠物离世的情绪提供一个很好的宣泄口，让我们在迷惘中找到一条路，而那条黢黑的道路前方有一盏灯，跟着它走就可以走出当下的情感困局，所以我建议大家也可以采用这种送别方式。

即使心情再痛苦、生活再困难，我们仍然需要继续前行。

淘淘：

谢谢你陪我从六年级的小学生一路到现在。

还记得初一期中考试前你尿了我的英语书，让我用着泛黄且混合着氨水味道的英语书度过了下半学期，你也因此失去了“尊严之蛋”。

今天喵星返航航班空少认出了你的缅因血统，怪不得你巅峰体重20斤，一个床上跳跃就可以带动我做一个两头起。

你年轻的时候是个暖男，我伤心的时候你扒着抽屉把手站起来哄我；你的小伙伴青春期吵架时，你站在五号和八八的中间，转悠着来回喵喵劝架。

后来你上了年纪，每天饭点儿等着我回家，像个暴脾气的老爷子似的，想吃罐头不让吃就嗷嗷叫着骂街，但是你要知道，按辈分来说你是我弟弟，要对姐姐尊重些。

再后来，你腿脚不那么灵活了，但是我们心意更加相通了，一个眼神一个动作你就可以指挥我清猫砂、换水；我也可以一个动作唤醒被窝里的你，爬出来吃夜宵。

最后的这段时间，你喜欢上给我梳毛——你要对我上移的发际线负主要责任，而且，发热烧到39℃是不能通过舔我脑门儿降温的……

你胆子小，去楼下爬松树抱着不敢撒手，但是三个月前埋套管针输液抽血你竟然一声也不吭；你会享受，去怀柔睡火炕要求屁股盖被子脑袋露外面呼吸，但是4斤的你瑟缩在我的被子里一待就是一整天；你还是个大馋猫，东戴河站你在品尝新鲜鱼虾的第一线，但是肾衰的你最近什么都吃不下去……

你答应我熬过了元旦，答应爸妈等到了兔年，百岁老猫咪也该返回喵星重掌大长老之位了。

祝吃好、喝好、睡好、心态好。

爱你！

故事10　寻梦环游记

——我花三个月找到绵绵的“转世”，才确信绵绵不可替代

对于这世间而言，绵绵或许只是一只可怜的小猫，但对于Kili而言，它象征着异国他乡的陪伴，是生活和学业双重压力之下的安抚，也是温暖了她人生的一缕微光。尽管她们之间的缘分只有短短两年，却留存下了许多珍贵的回忆。

我叫 Kili，来自北京，2019 年到日本留学。我从小就特别想养一只宠物，但家人怕我过敏，而且学业繁忙他们担心我分散精力，所以一直不让我在家里养小猫、小狗，最多养养小鸟、小金鱼。到日本留学后我开始一个人生活，突然之间的独立让我有点难以适应，每天回家感觉空荡荡的，特别想有只小动物陪伴我。每天回到家会有一个“小毛团”在门口迎接我，会让我觉得比较开心。

因为想养一只小猫的愿望很强烈，没多久我就养了 Lion。但是养了一只后，又觉得把它独自留在家里挺孤单的，所以又想再养一只。就这样，绵绵成了我的第二只小猫。当初猫舍给我发绵绵视频的时候，我就觉得它是一只和我很有缘分的小猫，当即就把它接回家了。

绵绵来我家的时候才三个月大，不懂得害怕，很快就融入我的生活中了。两只猫每天在家里打打闹闹，开心地吃饭睡觉。它们把我当作妈妈，我出门的时候会一直目送我，我回家的时候会在门口迎接我。

2019 年新冠肺炎疫情暴发，我只能在家里上网课，当时情绪很不稳定，有时候晚上一个人躺在床上会莫名焦虑，很想哭。两只小猫原本不亲近人，但当我情绪不好、一个人默默哭泣的时候，它们就会跑到我身边依偎着我，无论我怎么摸它们，它们都不会烦躁地走开，一直陪在我身边。我始终认为它们是能感知到我的情绪的，只是不会用语言安慰，于是便用行动表达着对我的关心。宠物或许就是这样，它们用小小的身躯，托起大大的爱，支撑着我们的精神，陪伴我们渡过一个个难关。

Lion 的身体一直比较健壮，但是绵绵并没有当初在视频中看到的那么精神十足——它比较瘦，有耳螨，体检时还发现了一些其他的小毛病。我认定了和绵绵的缘分，并不想因为它有一些小的健康问题就退养。最后，我把绵绵留了下来，带它去医院做了全面诊疗。

我以为绵绵从此以后就能一直健康地活着，直到我带它去做绝育。绝育检查时，医生发现它白细胞指标比较低，进而查出它患了猫传染性腹膜炎（俗称猫传腹），我这才意识到，绵绵可能在猫舍时就存在疾病隐患了。

绵绵的表现和大多数人遇到的猫传腹并不一样，它食欲很好，精神也很好，完全没让人感觉到“这只猫好像生病了”。好像它一直在很努力健康着。

我开始疯狂地上网查资料，查怎样去治愈猫传腹——因为在我的印象中猫传腹是一种非常难治愈的病。然后我联系了国内药商，买了很多打针的针剂运到日本，每天都带绵绵去打针。绵绵生病后虽然也照常吃喝，精神也不错，但还是能看出来它有一点儿懒得动。打了一个月的针后，绵绵的体力明显在逐渐恢复，又变得非常活泼，开始拆家了。那个时候我脑内仿佛有个声音在说“啊——绵绵好起来了，终于渡过难关了”，于是我们度过了大概半年“它很健康，我很开心”的时光。没想到命运之神却和我们开了个玩笑，给原本已经恢复平静的生活，带来了更大的挑战。

有一天，我看书的时候发现旁边的绵绵呼吸幅度特别大，已经不是正常猫的呼吸幅度了，便赶紧带它到医院去检查，结果发现绵绵出现了胸腔积液，这个病情让我再次感到有些崩溃。

医生怀疑是猫传腹复发，做了全面检查，两天后结果出来，医生告诉我确定不是猫传腹。听到不是旧病复发，我心里稍微轻松了一下，感觉还蛮幸运的，但是再去咨询医生，医生却说如果出现胸腔积液不是因为猫传腹的话，就有可能是其他更棘手的病。

于是我又找了一家口碑非常好的连锁医疗中心，开始给绵绵重新做检查。这里的医生说，确实不是猫传腹，很有可能是乳糜胸，或者是有内伤，具体原因只能一点点儿排查。排查下来花费了很多时间，而绵绵的病情恶化得非常快。

我第一周带它去医院的时候，胸腔积液抽出来是像草莓牛奶一样的粉色液体。那个时候医生跟我说可能是乳糜胸，我回家就查了很多关于乳糜胸的资料，我甚至已经想好了，如果绵绵要做手术，我要怎么跟家里请求经济上的支援。第二周带绵绵去医院复查，胸腔积液又变成了透明的颜色，医生说这可能是一个好转的迹象，我心里有一点欣慰。但紧接着医生又跟我说，绵绵可能是心脏的问题，我们又从对乳糜胸的治疗转到了对心脏的检查。但是第三周胸腔积液依旧没有好转。从这周开始，我和医生就陷入了一种不知所措的感觉。医生也没有见过这样的情况，我们所能做的就是尽可能地延缓胸腔积液囤积的速度，为找寻病因争取时间。

之后的每一周我都要带绵绵去复查，每周都要看着绵绵抽胸腔积液，否则胸腔积液就会压迫到呼吸，很危险。因为之前绵绵在治疗猫传腹时打了三个月的针，已经对医院产生恐惧，所以它现在去医院都特别紧张，看我的眼神都是又无助又害怕。但它又好像知道我是在帮它，还是在乖乖坚持。这样煎熬了一个多月，医生对我说，可能是心脏或者肺部原因。但要想具体锁定病因就要做CT，做CT要吸入麻醉，以绵绵现在的情况，做吸入麻醉的风险实在是太高了，很有可能会醒不过来，最后，我们只能选择保守治疗。

医生可能早就想建议我给绵绵实施安乐死，但是迟迟没有说出口。因为医生不会在主人有意愿救治，宠物也有意愿活下去的情况下提出安乐死。那段时间对于我和绵绵来说都非常煎熬，绵绵的胸腔积液已经压迫到呼吸了，我每天都只能把它放在吸氧舱里，吸氧舱内的空间很小，它就在里面吃喝拉撒，也出不来。一开始，我买了一个吸氧舱，但是我觉得这个功率不够，所以又去租了一个更好的吸氧舱，每天要花费很多租金。无论是我，还是绵绵，我们都已经尽力了。

绵绵离开我之前，我们经历了大概三个月的治疗，最后一个月的时候，我每天睡前都会跟它说晚安，因为我真的很害怕第二天早上起来发现它已经不在了，所以潜意识里我已经做好了它随时会死的准备。

绵绵去世的前一天晚上，我就已经有一点预感——它可能要走了。第二天是绵绵去复查的日子，因为我有了不好的预感，晚上就给闺蜜发消息，说我感觉有点不安心，让她明天下了课去医院陪我，我怕如果绵绵真的出了什么意外，我情绪太激动和医生说不清楚。我怀着这样的心情，第二天一早载着吸氧舱里的绵绵去医院复查。

去医院的路上，绵绵的状态已经很差了。到医院之后，医生马上把绵绵安排进了医院的吸氧舱，可是过了一段时间绵绵的状态依然没有好转，医生又马上把它带进了手术室，开始抽胸腔积液，当时我特别难受，感觉到绵绵可能凶多吉少了。

过了一会儿，医生跟我说绵绵胸腔积液囤积的速度过快，导致一半肺遭受压迫，没有办法呼吸了，一直这样下去会丧失肺部功能。医生跟我讲了很多话，我已经听不清楚了，只记得医生说，你可能要准备和绵绵说再见了。

我和绵绵都一直在与死神抗争。虽然面对绵绵不断恶化的病情，我早已做好最坏的打算，但因为这是我第一次直面生死离别，一时间还是无法接受。

绵绵已经到了生命的尽头，医生建议我给绵绵安乐死，不要等着它自己失去呼吸。我的闺蜜一直在旁边帮我沟通，而我满脑子只有一件事，我只想知道绵绵痛不痛苦。

以前我认为安乐死是一件很合理的事情——如果一条生命只能以痛苦的方式勉强延续，那安乐死可能是一个很好的选择。但当这选择真的落到我手中时，我却犹豫了。我真的不想让绵绵离开，可同时又特别怕它受罪。

医生跟我说，绵绵现在已经缺氧很久了，它的大脑应该已经感觉不到疼痛了。

我说那好吧，那就实施安乐死吧。

我抱着绵绵，有很多话想和它说，我的脑海里全都是它猫传腹被治愈的画面，一直在祈求奇迹再次发生。我跟它说，如果你觉得在妈妈身边的这两年你过得开心的话，可不可以再回来找妈妈？那一刻，心电图的显示器上，绵绵的心跳从七十多变回了一百二十多，肺里边二氧化碳的指数也有短暂的下降——就在我说你能不能回来的那一刻，我觉得这可能是它对我的回应。

我絮絮叨叨跟它说了半个小时，医生才让我离开手术室。他们准备给绵绵做个清洁后再还给我。我在外边等着的时候就一直在看火化的灵堂，我希望可以把绵绵的遗体处理好，于是约了医院第二天火化。

医生把绵绵还给我后，我用它最喜欢的小毯子裹住它，一路抱着它回家。那个时候，我心理上还没有接受它已经离开了，我觉得它只是睡着了，因为它的身体还没有硬，还是那样软绵绵地躺在我怀里，就跟平时我抱着它的时候一样。

第二天早上，我带着绵绵去了火化的灵堂。工作人员带我去了一个有神坛的地方，似乎是一个寺庙，他们把绵绵放在一个台子上，然后诵经，虽然我听不懂，但是感觉这样绵绵会走得比较安详。工作人员拿来了小水盆、小水碗和棉签，让我用棉签给绵绵的鼻子、嘴上涂一点儿水，说这样在“回去的路上”它就不会感觉口渴了。最后，我把它带到了火化炉前边，放在小车上，又放上了它最喜欢的毯子，还有我带来的一些猫粮和一束花，我把花束拆开，把每一朵花都放在绵绵的身边。工作人员让我再摸摸绵绵，跟它做最后一次告别。我轻轻摸了摸绵绵，觉得它的灵魂可能已经回到了喵星，这具肉体只是留给我最后的一点儿思念，然后我把它推进了炉子……

我等了大约一个小时，绵绵的骨灰被推了出来。工作人员把绵绵摆得很整齐，就像博物馆里的动物骨架那样，每一块骨头都非常清晰地摆在那里，让我亲手把绵绵的每块骨头都放进骨灰坛子里。装好后，我抱着坛子下楼，工作人员还给了我一份类似证书的东西，上面写着“谢谢绵绵来到主人身边的两年，带给主人的欢声笑语”。绵绵的生命就这样画上了句号。

“绵绵”现在也一直被我摆在家里一个很安静的角落，Lion 偶尔会爬上那个架子，在那里睡一觉。也许对于 Lion 来说，它知道那里曾经是它的伙伴。

日本给宠物治病很贵，而且绵绵之前得过猫传腹，也没有办法上宠物保险。但是，家里人非常清楚绵绵对我的重要性，都知道我特别在意我的小猫，他们也会把绵绵当作家人来看待，所以一直跟我说只要猫能治好，钱不用担心，他们会支持我。这减少了我很多后顾之忧，我真的很感谢我的家人们。可尽管如此，我当时的心理压力还是很大，既担心绵绵的病无法痊愈，又担心绵绵在治疗的过程中受罪。绵绵生病的那几个月，我不论是身体还是精神都非常疲倦。

带绵绵治病期间，虽然每次检查结果里边的数值代表什么，医生都会给我解释，但我总想自己再多了解一点儿。我去咨询了很多兽医朋友，还买了很多兽医相关的书，学了很多关于宠物疾病的知识，甚至连从初中毕业后再也没有接触过的细胞核和细胞壁的知识都重新学了一遍，比我考大学的时候还要努力。

我一边照顾绵绵，一边学习关于它病症的相关知识，一边还要继续我自己的本科学业，真的特别累。但我从来没有后悔过，因为我觉得我应该要和绵绵共同努力——它已经很努力地想陪在我身边了，那我也应该很努力地把它多留在我身边一段时间。

绵绵离开后的最初几天，Lion并没有太大的变化，它该睡觉睡觉，该玩闹玩闹。直到有一次我下意识叫出“绵绵”，然后我看到Lion耳朵马上就竖了起来，跑到我身边看着我，似乎在问“绵绵去哪里了”。那一刻我真的挺崩溃的，原本每天两只小猫在我身边的日常，那么简单那么幸福，突然一下子就改变了，在非常平凡的每一天里缺少了很重要却又无法修补的一部分。

我还梦到过绵绵，本以为绵绵来找我会跟我说很多话，但它只是带我去了一个地方，一个像森林一样的地方，那里还有另一只小猫，它和那只小猫玩得很开心，我叫它，它回头看了看我，然后就转身走了。我猜它可能是来告诉我，它过得很开心，让我不要太难过。我也想对绵绵说，其实我很开心是我在承担离别的痛苦，而不是它在承担，至少以后的岁月中感觉难过的只有我一个人，不是它。

无论绵绵的灵魂在喵星过得怎么样，我都希望它能带着我对它的爱继续生活下去；希望它能在喵星很自豪地跟它的小伙伴说，它在地球的时候，有一个女孩子对它特别好；希望它和我在一起的这将近三年时光，是可以让它在喵星跟小伙伴们炫耀的资本。

三年在我的人生中真的是很短的一段时间。但在这三年里，我第一次独自在异国他乡求学，第一次遇到全球疫情，第一次独立抚养两只小猫，种种加在一起就造就了无法复制的三年时光。这三年因为网课，有了很多被迫独自焦虑的时光，但也是因为网课，也有了更多和绵绵、Lion 一起享受生活的时光。如果是正常上学，醒着的十八个小时里可能至少有八个小时在学校，但我有将近两年的时间，每一天都在家里，每一天都可以和绵绵、Lion 待在一起。我很难想象，这两年如果没有它们，只是我一个人，该怎么样面对生活，还好没有这种如果，因为它们已经真实地出现在了我的生活中。它们不仅是我的家人，不仅是我的情感依托，也算是我的老师，它们教会了我如何做一个负责任的大人，如何去爱、去珍惜，这些对于人生而言都是弥足珍贵的。也正是这些珍贵的东西，让我一直幻想着与绵绵重逢，而这也开启了一段神奇的故事。

绵绵去世前几天我曾做过一个梦。那天晚上我躺在家里，一直在想有什么办法可以救救绵绵，我也不知道我是在向谁发问，可能人到了实在没有办法用科学去战胜命运的境地，就会想要祈求一下神明的帮助吧。我就一直想着这个问题，直到入睡，然后做了一个梦。

梦里的一切都特别清晰，我走在路上，碰见一只奶牛色的小猫也走在路上，似乎是一只流浪猫，那只小猫向我走过来，我蹲下来问它是不是找不到住的地方了，它的眼神好像在告诉我，它确实是找不到住的地方了，于是我把它抱起来，给它找了一个居所后就离开了……梦境又转换到一个雨天，还是那条路，我打着伞，又看到了那只奶牛色的流浪猫，我赶紧跑过去，问它为什么又出来了，淋雨的话会生病的。然后，我赶紧抱着它，去了一个类似公寓的地方，那里有温暖的灯光，有一扇大窗户，窗前有一个茶几，茶几前坐着一对男女，看上去应该是情侣。

我把奶牛猫放下后，它带我走到了房间的一个小角落，小角落有一个猫窝，里面大概有四五只小猫。我蹲下来看，发现其中有只小猫正抬起头与我对视，是一只橘黄色的小猫。渐渐地，旁边的小猫都模糊起来，只有那只小猫一直看着我……

后来梦醒了，我的第一感觉是——我救不了绵绵了。接下来又开始想，是不是绵绵真的要回到喵星后再以别的身份与我重逢？从那天开始，我跟我的朋友们说，帮我找一找有没有一只橘黄色的小猫。而等绵绵真的离开后，这个梦便成了我的一个很强烈的精神支柱，我开始在各个社交软件上，寻找梦里的那只小猫。

也许思念真的有回声，一场冥冥之中的指引，把摊摊带到了我身边。

我找了大概十几家猫舍，包括朋友家，因为我能感觉到梦里是一个比较温暖的地方。我直接列了一个表格，列出所能记起的梦境中的环境，包括地板的颜色，灯光的颜色，那几只小猫的样子，最后终于找到一家环境相似的猫舍。猫舍的主理人非常明确地告诉我，他家附近确实有一只流浪的奶牛猫，已经很久没出现了，但是前段时间又出现过一次。他家有一只橘色的猫——我梦里那只小猫的爸爸或者妈妈应该也是一只橘色的猫，恰巧正在备孕。而主理人正好也是一对夫妻，和梦里的那一对情侣的样子也很像。

绵绵离开三个月后——绵绵 4 月去世的，同年 7 月，猫舍主理人告诉我猫妈妈怀孕了，马上就要生宝宝了，小猫出生后他第一时间给我发来了小猫们的照片，里面有一只橘色的小猫，我马上就把那只小猫定下来了，后来给它取名叫“摊摊”。

我本来觉得摊摊是一只“社牛”小猫，因为它刚见到我的时候没有任何躲避，马上就跑到我脚边，躺下来开始呼噜。直到有一次朋友来我家，摊摊躲了起来，一直没有出来，我才发现摊摊只是对我一个人“社牛”而已。那一刻我怀疑绵绵是不是真的回来了。因为我和绵绵的缘分还没有结束，所以喵星又派遣了一只带着绵绵一部分特征的小猫来到我身边。

猫的眼睛在三个月之前都是有蓝膜的，就是无论什么颜色眼睛的猫，在小的时候眼睛都是蓝色的。这段时间我还

在想，我其实挺喜欢绵绵的蓝眼睛的，不过也并没有觉得别的颜色的眼睛不好看。而到了三个月的时候，摊摊的眼睛颜色还没有变化。我以为是摊摊眼睛蓝膜退得晚，是绵绵想让我多看看和它相似的蓝眼睛，然后与我见面让我认出它来，没想到摊摊真的就是蓝色眼睛的橘猫，而且是一种银色的稀有眼色，为此我还去查了论文，害怕是不是病变。

我查到一个国外网站，里面有一篇论文写道，这种眼睛的颜色是没有办法遗传的，是一种极小概率的健康的颜色。那一刻我真的相信，是绵绵想尽办法在喵星做了大姐大，然后尽可能地传递信息，让我认出来它就是绵绵。无论别人相不相信，只要我自己相信，对于我来说就是一种精神上的支持。

不得不说，这绝对是一次神奇的际遇。也许生命的奇妙总有些无法言说，也许宇宙的庞大与交错也不都能用常理解释，那些我们曾经失去的东西，总会以另一种意想不到的形式回到我们身边。摊摊的到来绝非绵绵的替代品，但它确实填补了我内心的遗憾与不舍，而绵绵则永远是我记忆中那只亮丽鲜活的小猫。

绵绵离开我已经一年了，我以为自己已经可以坦然接受事实，但是每次提起它我还是会泪流满面。绵绵是一个拆家大王，相比 Lion 它真的非常调皮，喜欢往架子上爬，喜欢待在高的地方，喜欢啃各种袋子。我有的时候会管绵绵叫“皮”，就是因为它真的很皮，我也会跟它生气，因为它不开心了甚至会在我的床上尿尿。但是它生病之后，就算对它生气也变成了一种奢侈。

可能因为我们之间的记忆太过深刻，所以我需要更长的时间来接受。我非常非常喜欢的绵绵已经没有办法以从前的样子再次出现在我的面前了。

我为了绵绵改了我的毕业设计作品。原本，我在大三的时候就已经想好了我的毕业设计要做什么，但是绵绵离开之后，我很想把我们之间的回忆做成一个作品，这对我来说意义非凡。所以我做了一个12米长的莫比乌斯环——首尾相连，永远都走不到头。莫比乌斯环最能代表我和绵绵之间的感情——一直都在循环，但并不是我们之间的记忆在循环，而是我们之间产生的这种情感在循环。

时间是个单向的轨道，但情感与思念不是。莫比乌斯环跨越了生命的单一时间进程，将我们之间的情感永远留存在这个维度当中。回忆绵长，爱意翻涌，我与绵绵之间所经历的一切，仿佛都有了载体，在那里，我们永远不会失去彼此。

朋友经常问我，猫对我来说算什么？

相对于别人把宠物当作是家人，我更把它们当作是自己，我感觉它们更像是我的外置心脏。如果没有它们，我可能真的不知道该如何梳理自己的情绪。如果要把它们比作人类的话，大概更像是我的孩子。

我觉得宠物可以提供给我们不一样的陪伴感，家人和朋友都有自己的表达方式或情绪，也会有身处这个社会的自己的思维。但是宠物是没有人类的语言的，所以它们可以更好地用行动陪伴在我们身边。

宠物的情绪非常简单，非常单纯，它们不会觉得主人做的某件事是否符合规范或者是对是错，它们只会关心今天主人不在家的时间好长啊，那个铲屎的回来怎么没有带好吃的？它们只觉得我是它们喜欢的主人，只想要好好地陪在我身边。

有一句话听上去有点俗气，但我觉得很有道理——我的世界有很多很多事情可以做，但是宠物的世界里只有我。我希望我和宠物们能够尽情地去享受彼此之间在一起度过的每一分每一秒，把这份幸福永远地铭记在心。

绵绵的离开给了我很大的打击。我其实是想换一个国家去读研究生的，想带着它们两个去下一个国家，开启另一段生活。但我觉得坐飞机这件事情对于猫来说是一个很大的考验，我实在没有勇气再接受家里任何一只小猫出意外。

现在，我有的时候路过绵绵离开的那家宠物医院，还会停下来看一看，我觉得是不是绵绵还会有一丝记忆或者一丝灵魂在那里停留？是不是我看见这家医院的时候我们又相遇了？我一直会有这样不切实际的思念。所以我选择继续在日本读研。

绵绵的离开在某种意义上也改变了我对未来的规划，我变得更想努力了。

我之前是挺躺平的一个人，对要过怎样的生活没有太多想法，但是绵绵的生病告诉我，我要努力多赚一些钱，这样在未来有一天再面对某些意外时，我至少有能力可以和命运再抗争一下。我还要多攒一些钱可以买更好的机票。如果未来真的要去另外一个国家的话，我可以带着我的小猫给它们更安全的保障。可以说，我向前的勇气还有对未来的期待有很大一部分也是绵绵给我的。

我们来到这个世界上就不得不面对告别，无论是悲痛的永别，还是短暂的分别，都是我们没有办法逃避的课题。比起一直回忆离别时的痛苦，不如更好地往前走，因为我们往前走的每一步都是替那些与我们告别的人，或者说告别的宠物，甚至是之前的自己走下去的，带着他们的希望继续前行。

《寻梦环游记》里曾说："生的对立面不是死亡，而是遗忘。"我想，绵绵肯定也希望我开心地往前走，带着我们之间美好的回忆，带着它赋予我的爱和勇气。同样地，我也很希望绵绵在喵星可以带着我们之间美好的回忆，向它的喵星小伙伴们炫耀。

绵绵：

对不起绵绵，妈妈真的好爱好爱你……让你忍受了那么久的痛苦，对不起。你可以怪妈妈，可以半夜来吓妈妈，都可以，但下一世，你一定要答应妈妈，要幸福平安。一定记牢啊小笨蛋！

如果你觉得妈妈当得还不错，那下一世，一定要来找我，找 Lion，我们一定会找到你，如果你愿意的话。求你了！

这两年，妈妈感谢你来过，希望这段时光有值得你在喵星炫耀的回忆。绵绵，妈妈真的好爱你，你是我见过我心里全宇宙最可爱最好看的小猫咪了！所以，请带着这份骄傲回去吧，喵星一定很美吧，记得托梦告诉妈妈！

记得好好照顾自己！好好记牢！

与你相逢，度过两年时光，妈妈很开心！

一路平安，一定一定一定要健康幸福，晚安！

一定要幸福！平安开心！

无论在哪，要健康快乐！

妈妈爱你！永远爱你！

故事11 最爱我的“人”没了

——她敢于做丁克，过慢生活，都是狗狗给的安全感

宠物对每个养宠家庭都是非常重要的存在。然而，对于丁克家庭而言，宠物的意义则可能更加不同。宠物更像是主人们的孩子。当宠物不幸离开时，他们失去的不仅是美好的时光和陪伴的日常，还有内心的依赖和安全感。

三三

我有一只金毛犬叫三三，我是它的姐姐，来自大庆。从小到大我都是有狗陪伴的，我的家庭对于我养狗也比较接纳，所以狗狗早已成为我生活中的一部分。我一直认为狗是我最好的朋友。

上大学的时候住学校宿舍，因为女同学间比较敏感，小矛盾比较多，舍友们有的搬去了别的寝室，有的和男朋友在外面同居，最后寝室就剩下了我自己。于是我养了一只小狗。虽然周围寝室的人经常因此投诉我，但我还是一直坚持把它养大，直到找到可以托付的人才把它送养。狗的陪伴填补了我那段没有朋友的生活的空白，让我少了些许孤单。

后来我有了自己的家庭，我和先生两个是非常坚定的丁克，结婚前就约定好不要孩子。结婚之后，我先生的生活被他的工作和爱好排得满满的，没有太多时间陪我，而我很需要陪伴，就想养一只狗。但我先生不管是对小孩子还是对小动物都比较冷淡，没有表现出太多的喜爱。所以我提出养一只金毛的理由时，只好骗他说，如果我们养一只金毛的话，它能生宝宝，而且高产，现在金毛在市场上的行情很好……多年之后他回顾这段往事，说自己当时一定是被猪油蒙了心，居然信了这个理由同意我养狗，没想到一养三三误终生啊。三三离开之后，我先生比我还难过，还痛苦。

征得先生同意后，我就联系了一个开犬舍的朋友，但是我跟他说，我只想领养，我觉得领养更有意义一些。他就帮我找到了一只被送到农村的小金毛，这只小狗只有四个月大，已经被转送过两次了。我知道这个消息的时候是冬天，我们在东北。大雪没过半个轮胎，我们一路开着车去村里接三三。

我对见到三三的第一个场景印象非常深，它被关在一个阴冷的柴房里，东北的冬天本来就很冷，那个柴房连太阳都照不到。我看到三三第一眼就觉得它长得太漂亮了，毛色是沙滩金，不是枫叶红，颜色比较浅，看起来特别干净。它被一条铁链拴在一根柱子上，以铁链为半径的圆形范围就是它吃喝拉撒和玩耍的范围。我看了一下它的食盆，里面是玉米面粥，已经冻成冰坨了，上面还有它的牙印。这就是三三当时的生活状态。

三三看到有人开门进来非常热情。朋友把它的链子解开，我把它抱到怀里，它就开始舔我的脖子，用小脑袋拱着我，一点儿都不认生，我当即决定就是它了。

我们把三三带上车，我和它一起坐在第二排，它不停地往我身上蹭，想亲近我。多次被转送的经历可能让三三知道，它即将又要有新主人了。

跟同龄狗相比起来，三三个头比较小，当时我去接它的时候那家人说三三有四五个月大，但我带它去检查牙齿时，医生说三三都有六七个月大了。这说明它幼年期的时候没有被好好喂养，导致它错过了一个非常关键的生长期。但也正是因为这样的个头，我每次带它遛弯，小朋友们不会害怕，少了很多麻烦。大家甚至觉得，如果金毛都长这么大的话，就非常完美了。三三的毛发非常浓密，摸上去永远像小狗那样蓬松、柔软又光滑，可能跟它小时候生活环境非常寒冷有关，它初发的毛要比其他狗更浓密些。

三三最让我们省心的就是，养它这么多年它很少在家里上厕所，没人教它在外面上厕所，它一来就会了。后来想想，也可能是我先生比较凶，三三刚想上厕所的时候就喝住它了。养三三的过程中，我先生对狗的态度也一点一点改变了，他甚至跟我说，养三三的第二天，他发现有一个毛茸茸的东西在腿的左右来回窜，也是一件挺有意思的事；第一次感受到被小狗舔脚踝，是那种很敏感很痒却又很幸福的感觉。

养狗之前万分抗拒，养狗之后却满心欢喜，这在我先生的身上得到了充分展现。或许是从小生活条件艰苦，抑或是与我们的缘分颇深，三三似乎格外懂事。

我们之间没有太多印象特别深刻的事，日子每天都是这样慢慢地过，平淡如水的幸福。对于一个丁克家庭来讲，三三就是一个外来者，但同时也变成了我们家庭不可缺失的一部分。我们之所以给它取名叫“三三”，是因为我们家里只有两个人，它是第三个。

三三跟别的狗不同，它非常乖，非常听话，即便在特别好动的年纪，和其他狗玩得再欢，只要我轻轻说一声“三三你回来”，它就会马上回到我身边，这就是我的小狗。

有两件事儿让我比较心疼，一件事是我出国玩了七八天，等我回到家的时候，三三的尾巴烂了。我先生也会带三三出去遛弯，陪它玩儿，但是只要我不在它就会生病。宠物医院的医生说，是因为它心里太想念我，每天都在想我，每天都在等我，等了很久我也不回家，虽然它表面看起来玩得很嗨，但是情绪对它的影响特别大，导致整个免疫力下降。如果再发现得晚一点，三三的尾巴可能就保不住了。

另外一件事是我们家楼下开了一家宠物店，我会把三三送去洗澡，有时候它洗澡的时间比较长，我就不在店里等它，自己先上楼，过段时间再下楼接它。有一次我发现三三遇到宠物店老板的时候，会害怕，吓得到处躲，我意识到这个人可能打过三三。我当时很生气，不知道哪里来的勇气带着三三去店里找老板理论，完全没有考虑对方是个男人，自己可能会吃亏。当时的心情就像自己的小孩被人欺负了一样。

三三还在我老家待过一年，那一年我弟妹养了一只三三的宝宝。这加强了我们和弟妹家的关系——仿佛是我们两个家庭共同养了一个小孩，小孩在他们家慢慢长大。可是这只小狗六个月大时，正当我们期待着一起过年的时候，突然得脑炎死了。我们一家人抱头痛哭，弟妹的情绪很难调整过来，希望我们把三三送过去，让她养一年缓一缓。就这样，三三跟着弟妹一家生活了一年，这一年它过得特别快乐。

弟妹家住二楼，只要小朋友们在下面大声喊“三三，我们放学了”，三三就会马上站起来，等人开门它就下楼找小朋友一起玩，实现了每天自己遛自己。小朋友们经常会一起玩公主和强盗的游戏，来回跑，三三也能给自己找到一个角色跟着大家一起跑。我们在楼上喊一声说“三三回家了”，它就又自己跑上楼来了。

三三在老家生活的一年，我们才注意到，原来狗是有生物钟的，它知道你大概几点下班，时间快要临近的时候，它会提前做好准备蹲坐在家门口。我弟弟给我录过视频，我看到每当下午四点钟的时候，三三就会准时坐在门口，头深深地低下，把鼻子几乎放到门槛的位置，连闻带听来感受是不是主人的脚步声临近了，而这个时候弟妹其实才走到楼下。

快乐的时光似乎总是短暂的，三三的身体突然出现了

问题，病情急转直下，最终，死神将它从我身边带走了。

三三去世的前一年我们还带着它到处跑，突然间说不行就不行了。它先是后腿站不起来，我们马上带它去医院检查，吃营养药；然后它的肠胃又出问题了，我们又开始给它治疗肠胃；做全身体检的时候，又查出三三的心脏指标不好；接着又发现它子宫中有一些蓄脓，医生问我是做绝育手术还是选择保守治疗排脓，我有一个好朋友，当时在那家宠物医院做医生助理，他建议我选择保守治疗，因为三三的心脏问题可能会导致它下不了手术台。

我听从了建议，保守治疗了两天，刚开始顺利地排脓了，就在我以为三三要好转的第二天，却发现三三连动都不想动了。它在病得最严重的时候，连我说出去玩儿它的耳朵都没有任何反应，我能感觉到它的痛苦，临时改变主意，开始约医生选择手术治疗。我就想搏一把，因为我不能这么眼

看着它死，我会因为没有给它做手术而觉得遗憾。

手术安排的是第二天下午两点，但是当天早上六点钟我起床去看它，发现它的呼吸很急促，我给它喂水，只敢小心翼翼地拿针管在它的牙齿上滴了一点儿水，但它好像还是被呛到了。后来我才知道，它不是呛到，是因为当时它的心脏已经衰竭了。

我第一次感受到一个小生命在眼前消逝，当三三咽气的那一瞬间，我难以置信——这就死了？我反复去摸它，去叫它，给它做心肺复苏，它都没有反应。我就叫我先生过来，我说三三是不是死了，然后我们观察它所有的反应，发现它已经离开了。

我觉得三三从头到尾都是一只特别懂事的狗，从来没有让我操过心。可能连它生病到最后想的都是不要上手术台了，不让姐姐麻烦了，不用我术后照顾它了，就直接走了。我先生跟我说他晚上上厕所的时候听到三三一直在喘，应该是一直坚持到六点多，见了我们最后一面才安心离开——它一直在等我。那天是1月17日。

三三的离开让我极度痛苦，甚至有些崩溃。不知道为什么，当时我的第一反应居然是赶紧联系做宠物殡葬的把它送走，而不是先把它留下——有一些地方的传统是要把宠物留几天，而且我们家还有露台，完全有条件把它放到露台上。

三三的后事基本上是我先生在处理，我当时根本控制不住自己，一直在大哭，我从来没有体会过这种撕心裂肺的痛哭，原来心真的是会疼的。我以前是不相信一夜白头的，但是我哭了一个礼拜，再梳头发时头发白了好多，伸手一翻头发都是白的。

由于太难过，我没有办法在家里过年，打算换个环境，去南方待了一个多月，情绪平复了很多。我从南方回来那天，推开家门发现家里来了好多人，都是我先生的朋友，他们在一起喝酒聊天，最后所有人都走了，就剩我们俩的时候，我先生忍不住抱着我哭了起来，他说，我们没有狗了。那个时候我才知道，他比我难过，只是因为作为男人好面子，他不能像我那样说哭就哭。他又要照顾我的情绪，又要办三三的后事，一直没有时间去宣泄自己的难过。那天，这个高大壮实的男人蹲在三三待的那个角落，哭了好长时间，不停地说，我们没有狗了。

三三活着的时候，哪怕是它活着的最后一年，我都因为社交活动比较多，经常和朋友在外面待到很晚才回家。现在想一想，如果知道它那么早就会离开我，我为什么要出去玩呢？我应该天天陪着它才对呀。

人与宠物的离别总是充满遗憾，我们会反思自己的过

失并且痛苦地回忆过去的点点滴滴。但无论如何，我们都不应该让愧疚掩盖了爱的重量。即便三三已经不在身边，真正的爱永远会在我们之间流淌，慢慢减轻这份别离的痛楚。

三三来到过这个世界上，它对我那么重要，我却连一个能跟别人聊聊三三的机会都没有。因为大家可能有一些误会，认为三三的离开令我伤心难过，所以都刻意回避。我去南方亲戚家过年，但凡提到狗他们就赶紧换话题，关于三三的话题一直被压抑着。所以我其实特别希望有人能跟我聊一聊三三。

三三在的时候不觉得，它走后才发现，原来我们一年四季对大自然所有的感受，敢于去过慢生活，敢于做丁克，都是因为有三三给的安全感。因为有它陪着，我们觉得没有小孩也无所谓；因为有它陪着，我们每一天都去散步，能感受到春天的花香，夏天清晨的薄雾，秋天的秋高气爽，冬天的第一场雪……那个时候还觉得有它好麻烦呀，还得遛它，但其实是三三带着我们去感受生活，感受自然。它很简单，只关心风里有什么样的味道。今年还会不会下一场大雪，厚不厚，够不够它打滚。其实这些才是更高级的智慧，我跟着我的狗，更多地去感受到了生命的色彩、生命的张力，这让我变得简单，变得单纯，变得更童真。

以前不管去哪它都会在外面等我，我去药店买药，去超市买菜，把三三拴在外面，它就一直坐在那里等着我。没有它之后，我就很少去散步了。我有一段时间甚至不敢自己出门，只因为没有三三陪着。我先生以前也比较贪玩，比较自我，好多事情他都不会陪我，三三离开后，他间接意识到了我的变化，他要填补这个角色。现在我们都在渐渐地学着适应没有三三的生活。

半年后，我们算是彻底接受了三三离开的现实。我俩商量要不再养一只。可是我觉得再养什么宠物都是对不起三三，什么宠物都没有三三好。开犬舍的朋友看我太痛苦，给我抱来一只小奶狗，希望我能够再养，但是我养不了。我还是太想三三了，只能给人家送了回去。相信不止一人有像我一样的想法，想到再养一只狗，心里就充满了负罪感。但爱与爱之间，从来都不是非此即彼的替代关系。爱的博大，足以让我们将曾经美好的回忆珍藏保留，并让我们有力量，继续去享受下一段充满爱意的生活。于是有一天，我在看到一个和狗有关的纪录片后终于动了念头，要不然就再养一只吧。

是三三教会我去爱，付出实际行动去爱，也是它让我知道人的脆弱也是一种能量。我之前轻易不愿意让别人知道我的悲伤，但是经历了失去三三这件事，我发现其实悲伤也是人生的一笔财富——能够启动心灵的一些能量，这些能量可能很多年来一直被掩盖，但是并不会消失，就在你的

心里，给一点儿波动它就会被激荡起来。三三就是用它自己的一生激荡起了我心中的能量，让我能够拥有去爱别人的力量。

宠物和人的关系，与人和人的关系有很大的不同，宠物表达的往往是对你的需要和对你百分百的信任、尊重、忠诚。这种需要是不加任何功利性的，这种关系是人心中最柔软的一部分，我觉得是人际关系当中无法替代的。

我跟朋友们讨论过，为什么三三离开后我如此痛苦？可能是因为我感觉这个世界上最爱我的“人”没了——不是我最爱的“人”没了——所以我痛苦，因为真的没有人比狗更爱你了，包括父母。连父母也有可能打着“爱”的名义想要控制孩子，以各种各样的方式对孩子的人生进行干涉。而狗绝对不会，它只是爱你。

如果你像我一样有同样的经历，正在承受着宠物离开的痛苦，我想告诉你，从我个人的经历来看，没有什么样的安慰能够真正安慰到你，真的没有，你只能接受，只能交给时间。

一个生命来到这个世界上，秉持着最纯粹热烈的情感，去毫无保留地爱与付出，它的真挚会让多少人类感到羞愧呢？

三三：

时间过得好慢啊，我以为你离开很久了，但掐指一算，才一年半，那些没有你的日子度日如年，模糊了我对时间的概念。有人说你去汪星了，真的有汪星吗？姐姐带你皈依过，师父说你来生不至于堕入恶道。师父说你会投胎做人，就像电影《心灵奇旅》里的小灵魂一样，经过长时间的学习训练，才能再次投胎到人间。可是姐姐不生小孩，怕是没有办法和你再续前缘了。你走的那段日子，我不停地念佛，请人为你加持，给你点灯，给你连接，我想你该是懂了，因为你不曾到我的梦里。我想你是去了更好的地方。即便是这样，家里偶尔飞进来一只苍蝇、蚊子，我都舍不得打的。我总想着，万一那是你变的，你来看姐姐呢，你们小动物都想做人，可是你不知道，做人其实很辛苦。生活中充满尔虞我诈、殚精竭虑、虚荣攀比，像你这样只关心大自然的风、树上的叶子、空气里的甜蜜味儿的人类，姐姐身边一个都没有。你走之后的半年里，我哭白了好多头发，此生怕是再也不能用黑发如瀑来炒作自己了。很多人都不明白，觉得我是不是悲伤过度了。其实他们不懂，失去宠物要比失去亲人更难过，除了亲人不能给的百分百的等待和爱，小动物是主人心底的柔软，是善，是童真，是灵魂里最干净的地方，这一点不养狗的人可能永远都不会懂。

故事12　二十块钱的缘分

——我们见证了你的一生，你陪伴了我们十七年

17年，对于我们来讲，也许只是光阴一瞬，而对于米条一家来讲，却象征着那段从青葱岁月到而立之年的美好时光，其中充满了无数有关毛毛的欢声笑语和温情片段。

毛毛

我是“有个米条”，36 岁了，马上就要结束 10 年退休生活，去上班了。

我从小就喜欢小动物，尤其喜欢毛茸茸的小动物，像小鸟、小猫、小狗、小兔子、小鸡，这些我都特别喜欢。我小的时候就特别羡慕养宠物的人家，想着将来我长大有了自己的宠物，一定对它不离不弃。

我和毛毛结缘于 2004 年，那一年我正上大二。北京有好多综合市场，有次我和男朋友去逛市场的时候，在一个宠物食品店门口看见好几个小笼子，里面关了好多小奶猫，就是那种小土猫，旁边还有个牌子写着“二十块钱一只”。

这些小奶猫软乎乎的直戳我心，我们当时不住在宿舍，是在外面租房住，小猫也便宜，我觉得这简直就是天时地利人和，立刻就买了两只，其中一只是毛毛，还有一只小狸花。因为第一次养猫没有经验，一回到家我们就给它们洗了澡，结果小狸花因为太小了，身体弱，第二天就不行了，带去医院也没救活。最后只剩下毛毛了。

真的就像养孩子的新手父母一样。小狸花的离世，让我们恶补了好长一段时间养猫知识，在网上各种搜索别人的养猫经验，有时候带毛毛去宠医院买吃的、买药，还会跟大夫聊一聊养猫常识、注意事项，就怕毛毛哪天也像小狸花那样突然离开，我们对毛毛最大的期待就是“长命百岁”。

虽然小狸花的离开让我们感到惋惜，但幸好坚强的毛毛留了下来。它的到来为我们的生活增添了一抹亮丽的色彩。

毛毛是一只黄白花的长毛猫，就像小狮子一样，脸上的毛全都炸开。它每天昂首挺胸地巡视着家里的一切，一会儿闻闻家具的气味，一会儿跳上沙发视察一番。它脾气特别臭，还有点儿内向，特别不喜欢别人逗它，有的时候它喜欢让人挠下巴，但是这个时间要它来掌控，如果超过了它内心的时间，它转头就会咬你一口。最有意思的是，每当吃饭的时候，毛毛都会顺着我的裤脚一路攀到肩膀上，眼巴巴地看着我给它拌饭，软萌软萌的。跟它相处了十七年，记忆中留存了很多有趣的事。

毛毛曾经被我妈妈的朋友借去“救急”。我们家毛毛是公猫，妈妈朋友家有一只母猫，母猫没有做过绝育，春天发情了，一听说我们家有一只公猫，大晚上急急忙忙地带着猫笼子过来接走了毛毛。但毛毛是纯室内猫，从来没出过门，突然去了陌生的环境，特别害怕，一进到别人家就钻到沙发后面去了，任凭小母猫怎么叫它都不出来。后来那家的叔叔把客厅的门给关上，就那么待了一晚上，第二天早晨才把毛毛送了回来，也不知道有没有江湖救急成功。不过，过了几个月，那只小母猫生了一窝小猫，里面有长得像毛毛的，我们想应该是成功了。

在这之前，我一直觉得毛毛性冷淡。好多人都说公猫要尽早去做绝育，才不会到处乱尿，但毛毛都没有发过情，乱尿这种情况更是从来没有。楼下小母猫一到春天嗓子都叫哑了，它听到都没反应，我就觉得它特别省心，连做绝育的钱都给我省了。所以当那个叔叔跟我说他们家猫生出来的小猫里面有几只像毛毛，我觉得特别好玩儿。

一天晚上，毛毛突然在桌子上打滚，嘴里流了好多血，一边叫一边用爪子不停地抓挠自己的嘴。我们从来没遇到过这种情况，吓得赶紧抱着毛毛去宠物医院。可是当时已经晚上十一点多了，附近的宠物医院都关门了，我们又打 12580，好不容易查询到雍和宫附近有一家 24 小时的宠物医院还开着。我们住在东五环，距离那家宠物医院很远，可是看到毛毛的那种情况，一咬牙打了个“黑车”。

到了那家医院，前台的工作人员问我家猫怎么了，听我说完毛毛的情况，便让我们先挂号，挂号费 200 元。我大吃一惊，说我们又不是没去过医院，这挂号费怎么这么贵？那人说，夜间门诊和白天门诊是不一样的，夜间门诊都比较贵。当时我们收入并不高，200 元的挂号费确实让我们有点心疼。但我们还是立刻付了钱，让医生赶紧检查。没想到检查结果却让我们哭笑不得，毛毛只是掉了颗牙而已，真是虚惊一场。

作为家庭中的一员，毛毛和我们相处的点点滴滴早已融入寻常生活里，令人回味无穷。然而，在欢乐的记忆中，偶尔也会遇到一些令人揪心的小插曲。

我一直都觉得毛毛的身体挺好的，后来才知道原来猫的耐受力很强，平常有一些小病小痛，它可能不会表现出来。从 2004 年来到我们家的十年间，毛毛最多就是得过耳螨，再没有别的毛病。直到 2015 年，毛毛被查出了慢性肾衰。

毛毛第一次发病，是我突然发现它有三天没拉屎，我觉得不太正常，就带它去小区旁的宠物医院做检查。结果拍完 X 光片一看，医生都惊呆了，堵在毛毛肠道里的大便亮度和骨头的亮度是一样的。大便密度跟骨头的密度差不多，可想而知那个屎有多硬。听医生说完，我心里又难过又汗颜，其实第一天没在猫砂盆看见猫屎就应该带它来医院的，只能说我们有点粗心了。

医生说，毛毛可能是慢性肾衰，但先不着急治疗，要先排便。那个时候毛毛年纪已经挺大了，当时体温也很低，而且很瘦，状态不是很好，医生不敢给它灌肠，只能先输液。就这样，在医院住了三天，毛毛终于排出便了，全医院的医生和护士都为它欢呼，我从来没有因为屎这么开心过。

排便以后，毛毛精神状态明显好很多，也能吃一些流食，可以出院了。出院的时候医生交代了好多关于慢性肾衰的护理细节，还给我讲了一下猫的慢性肾衰到底是怎么回事。他说，慢性肾衰是不可逆的，必须靠长期吃药来延缓病发，毛毛这个年纪，如果身体状况维护得好还能多活几年，如果维护得不好，随时都有去世的可能。

出院以后，毛毛的状态一天比一天好，我们每天都给它吃医院开的抗肾衰药，同时增加了湿粮的量，它的毛不再像住院前那样干巴巴的，肉眼可见地光滑起来，体型也慢慢胖了，那个时候我们可开心了。

隔了两年，毛毛第二次发病，再往后基本上就是一年发一次。我当时还质疑这个抗肾衰的药到底有没有效，为什么每天吃还会发病，而且每次发病，医生都跟我说毛毛随时可能会走。到了 2020、2021 年这两年，毛毛的发病间隔又缩短了，差不多五个月就会发一次病，看着它那样难受，我们也跟着难受。

2021 年 6 月，毛毛又发病了，这是它最后一次发病，但当时我不知道。从医院治疗回来，毛毛再怎么吃都没有恢复到又长肉又毛顺的状态。瘦到皮包骨的它每天只有上厕所、吃饭喝水的时候才起来，平常就一直卧在它的窝里面。而且它一直处于低温状态，身体的水分也少，就更容易干燥便秘。没别的办法，为了给毛毛保持身体温度，我给它买了宠物用的小电褥子铺在窝里，但是要定点开关，因为开的时间长了可能会导致体内水分流失，加重便秘；时间短了又容易失温。我意识到它这回是真的要走了，全家人都做了心理准备，有时间就陪着毛毛。

毛毛的精神一天不如一天。家里的孩子和毛毛的老伙计——从小和它一起长大的小狗，还像以前那样跑到书房去和它玩儿，毛毛还会提起精神和他们互动，我看着既欣慰又难过。

实际上，毛毛的病痛牵动着家里每一位成员的心，它的任何一丝好转都能给家人带来莫大的安慰。然而遗憾的是，离别的种子已经在不知不觉中生根发芽，毛毛的身体每况愈下。最终，在一个平凡的日子里，它安静地离开了这个世界。

2021 年 10 月 29 日，我同往常一样送孩子上学回来，准备去收拾猫砂盆，再给毛毛喂药。一打开书房门，我就呆住了，我看到毛毛躺在猫砂盆里一动不动，赶紧走过去抱起它，但是它已经硬了，我大脑顿时一片空白……

毛毛可能是前一天晚上、在我们睡觉的时候离开的，因为睡觉前我还给它收拾了一次猫砂盆，那时它还没有事呢。每次想到这儿我都特别内疚，想着我可能又犯了它第一次发病时的错误——忽略了一些征兆——毛毛去世前两天就已经不怎么进食了，它能不动就不动，能躺着就躺着，只有特别渴特别饿的时候才会起来，走路都是颤颤巍巍的，但是我没有警觉起来，还像平常那样，晚上给它收拾完后就去睡觉了，没有陪它最后一程，就那样让它孤单地走了。

我不解毛毛为什么要选择在猫砂盆里离开？为什么不在自己的窝里？等我回过神来，赶紧叫来孩子的爸爸，告诉他毛毛走了。我们两个找了一个纸盒把毛毛装进去，然后联系了宠物殡仪馆，开车带着毛毛过去。毛毛肾衰竭末期，瘦得只剩一把骨头架子外面裹着一张皮，我抱着纸盒，轻得已经感觉不到里面有东西。

到了宠物殡仪馆后，工作人员按流程让我们登记、选骨灰盒，还向我们介绍，可以把宠物的骨灰盒寄放在他们这里，想宠物的时候可以过来看看。可能因为每天都要接待很多离世的宠物，已经习惯了，他们显得专业而冷漠。

我看到骨灰馆里有大大小小各式各样寄存的骨灰盒，还有小宠物的照片。我想，它们刚离世的时候，主人们肯定会经常过来的，但当时间把感情冲淡，还有多少主人能坚持大老远来这里纪念逝去的宠物呢？我们从市里过来这里要开一个小时的车，我不想挑战人性，决定把毛毛的骨灰带回家。

我选了一个很小的骨灰盒，一个挺可爱的小猫形状，然后跟接待我们的工作人员说，我不准备把它放在这里，我要带回家。工作人员把我们带到了一个告别室，为毛毛举行了最后的告别仪式。

工作人员给毛毛梳毛、做清洁，就像为去世之人整理遗容。收拾好以后，他们把毛毛放在告别的台子中间，开始放音乐。我的眼泪忍不住开始往外涌。我就这样一直哭，哭到告别仪式结束。然后工作人员让我们去大门口旁边的屋子里等候毛毛火化。

我努力平复着自己的情绪，可是当毛毛火化完，工作人员带着它的小骨灰盒过来给我，对我说“拿着，还温热着”时，我又忍不住流下泪来——温热，如果毛毛还活着，它的身体也该是温热的。

我们就这样把毛毛带回了家，现在它的小骨灰盒还一直摆放在书房的窗台上。

毛毛活着的时候一直住在家里的书房，我们一进去它就喵喵叫，它的叫声仿佛还在耳畔。它是那样灵动的小猫，而现在却静静地躺在书房的窗台上，让我们一时难以接受。每次打开书房门我都会恍惚——哦，毛毛已经不在了。这种情况大概持续了两周，之后慢慢好了一些，也许时间真的会冲淡悲伤。

其实对于毛毛的离世我们并不意外，因为每一次发病去医院，医生都会下达病危通知，可能通知得太多了，我们心理准备做得太足，很快便接受了这个现实。比起悲伤，我们更多的是内疚和后悔——没有陪它到最后一刻，让它独自走了。

毛毛活着的时候我们大概半年带它去宠物店洗一次澡，它那几年把店里所有的美容师都咬了个遍，很出名，大家都对它很熟悉。毛毛走后，我带家里的狗去剪毛洗澡的时候，跟店里的人说毛毛走了，他们还挺吃惊，都说毛毛是他们遇见的第一只长寿的猫。我开玩笑般地跟他们说，很荣幸毛毛成为他们人生中的第一个。

我还发了朋友圈，告知大家毛毛离世的消息。我们的父母无法理解我们这种情感，觉得我们小题大做，尤其是既传统又固执的公公，特意发微信“教育”我老公，气得我老公差一点把他拉黑。好在大部分朋友都可以理解这种情感，安慰我们说，毛毛按照人类的年龄都算“喜丧”，而且走得也不痛苦。这些安慰给予了我们许多温暖和鼓舞。

毛毛离开一年多，我们偶尔也会聊到毛毛，女儿不是很理解死亡，我们告诉她毛毛是去了喵星，她时不时还会问毛毛在喵星过得怎么样，怎么也不来找我们了。我们家狗总是去书房到处转悠着找毛毛，找不到还要再出去转一圈，各

个犄角旮旯、沙发靠背后它都去找……生活还在继续，时间还是会往前走，或许随着时间的推移，我们和狗狗对毛毛的感情会逐渐淡化，但是，毛毛留下的礼物——学会珍惜和陪伴，将一直影响着我们一家人。

我们跟宠物之间的关系是陪伴和治愈——人世间最美好的关系。生死离别，始终是人们内心难解的课题。毛毛的离去，也让我们对宠物的离世有了新的认识。我们要能温柔地抱起，同样也要能从容地放下。此时再回想和毛毛相处的时光，除了最后那一点遗憾，都挺圆满的，我觉得这样就够了。我们要做的就是加倍珍惜身边的家人，包括老伙计——已经 12 岁的狗狗，我会更加珍惜与它在一起的时间。

"即使放不下，也没有关系。你跟这个生命有过一段美好的过往，现在这段过往结束了，你可以将这份美好再传给另外一个生命，这是一件非常荣耀的事情，可以理解为情感的传递，我希望有更多失去宠物的人能把这份爱再传递给下一个需要爱的宠物身上。"[1]

---

1 出自《张越女士：可以温柔的抱起，就可以从容的放下》——微信公众号 爱它的日常 它基金

毛毛：

这三年你在喵星过得好么？小米条儿说长大要当个宇航员，去喵星看看你，不知道那时候的她，你还能不能认出来。你的老伙计悠悠12岁了，也老了，但还是老样子，出去就喜欢招猫逗狗。

我和你哥聊起你时都是回忆。

记得你不到一岁的时候，每次猫罐头拌粮你都急得直接从我的裤腿爬上肩膀；记得一到冬天你就爱钻被窝跟我们挤着睡；记得春天外面小母猫嗓子都叫哑了你还无动于衷，从来不发情乱尿，妥妥的性冷淡；记得你把楼下宠物店所有给你洗澡修毛的美容师挨个咬了个遍……

后来家里多了个宝宝，只喜欢亲近孩儿她爸的你渐渐对家里的人类幼崽也有了一丢丢的耐受力，果然当叔叔了就是不一样。

毛毛我们很对不起你，那天晚上让你孤零零地独自离开，但我们最想的却是谢谢你，谢谢你走进我们的人生中。

大学4年，工作到结婚6年，再到孩子5岁又是7年。从北京到烟台，跟我们租了6次房搬了5次家，最后一次终于住进属于我们自己的房子稳定下来了。

我们见证了你的一生，你陪伴了我们17年，谢谢你让我们生活充满了爱的回忆，在喵星的你也要多想想我们哦，毛毛再见啦！

故事13　告别也可以不悲伤

——世界破破烂烂，小狗修修补补，感激你曾来过我家

Gogo的出现让从小喜欢动物的Cooper既意外又惊喜，初见时Gogo小小的一团让他多了一些偏爱，而相处中Gogo表现出来的热情让Cooper有种双向奔赴的感动。

Gogo

我叫 Cooper，是一名品牌策划人。我的养宠启蒙是小时候养的小乌龟、小鸡。

2007 年我在读大学，需要寄宿在学校，只有周末才会回家。妈妈觉得家里比较冷清，打算去附近的市场买一只小狗。这个事情让我很意外，印象中，妈妈是比较怕狗的。然后，Gogo 就来到我家了，我把它当弟弟一样爱着。

Gogo 刚刚来家里的时候只有两三个月大，大概两三个拳头那么大。我们一直以为它是一只秋田犬，后来才知道它是一只土松狗，毛色比较浅的土松狗。

我家住八楼，但是很神奇，我一进小区门口 Gogo 就能感受到我回来了，然后它会跑到阳台上朝我叫，我能看到它欢快地摇着尾巴。这种被热情迎接回家、双向奔赴的感情，是我养狗最快乐的原因之一。

我一直觉得 Gogo 非常通人性，很懂事。有次我给 Gogo 洗澡，可能碰到了它皮肤病的伤口，把它弄疼了，它下意识地咬了我的手，因为它不是故意的，意识到咬了我后就一直围着我转，企图帮我舔舐伤口，那一刻，我觉得Gogo的内疚具象化了。

2010年的时候，我爸在房间中风摔倒了，当时是Gogo最早发现的，然后它就一直叫，我们过去发现我爸倒在地上了。当时我爸的脑出血量挺多的，很危险，还好发现得及时，去医院做手术救了回来。那半年是我们家最艰难的时期，我跟妈妈每天轮流去医院照顾我爸，还要处理搬家的事情，非常辛苦，但是每当回到家看到Gogo守在门口，一天的疲惫就瞬间被治愈了。真正的陪伴，能够经受住生活的平淡与坎坷。一段灰暗艰难的路，因为Gogo的存在，变得明亮而平坦。那段时期过后，Gogo和我们的羁绊更深了。

如果说，初遇时Gogo是一个讨人喜欢的宠物，那么在共同经历了风雨之后，它就已经完全融入了这个家庭，成为我们家不可或缺的存在。我觉得它跟我的性格很像，都比较内敛，还有点处女座的小洁癖——Gogo走路会避开所有水坑，不会让自己的脚沾湿一点儿。我甚至觉得我俩有一点儿“灵魂伴侣”的味道，因为Gogo身体不舒服的时候，我也会觉得自己有些不舒服。

Gogo外形好看，从小到大都是我们小区里面最受欢迎的狗，很多邻居看到它都喜欢逗它，小孩也不怕它，喜欢跟它玩儿，小狗们都对它很友好。但是它有点孤僻，不太愿意跟别的小狗玩，总是自己玩自己的，这一点也让小区的邻居们印象深刻。

一直以来 Gogo 的身体都蛮健康的，没有生过大病，只是有过一些皮肤病，但后来也好了，总体来讲它没让我们在健康上太费心。

但是近几年，Gogo 有了老态。一开始，我发现它的眼睛有点浑浊，没有以前那么清澈了；听力似乎也差了很多，不再早早地等在门前了；最明显的是腿脚不利索了，有好几次，它因为下楼梯的时候腿软，直接趴着滚下去了，尤其是下雨路面潮湿的时候，它的脚就很容易打滑，不够力气爬上楼梯。可能这些变化打击了它的自信心，它老了以后，脾气也慢慢变差了。虽然我知道狗狗的生命是短暂的，但是每当看着 Gogo 因衰老而忍受病痛折磨时，还是心痛不已。

Gogo 患过一次比较重的感冒，那段时间它整天都在咳嗽，咳到蜷缩成一团，也没有胃口，很少吃东西。我们给它吃了一些药，它渐渐好了一点儿，但没有以前那么精神了。从这个时候开始，我们就不经常带它下楼去花园散步了，只让它在楼梯连廊上溜达。于是，它每次在连廊上溜达都总是站在楼梯那儿往下看很久，可能它内心还是很渴望去花园散步的吧，但是它的腿脚越来越差，不太够力气支撑它下楼散步。Gogo 年轻时爱运动，很活泼，现在下楼都成问题了。那段时间，我每次看到它因为没有力气而流露出无助的眼神时，都会很伤感。一想到它身体越来越差，可能即将要离开我们，我心里就很难接受。

我买了很多补钙的、养护腿脚的保健品给它吃，还准备了辅助工具帮它走路，我能做的也只有这些。但Gogo很抗拒，不太愿意用。眼看着它身体状况变得越来越差，我感觉它离开的时间也越来越近了。我跟我妈曾有过约定，假如有一天Gogo真的动不了、它也不愿意让我们照顾——因为它不太能接受别人经常摸它，那么我们会选择安乐死，让它体面地离开。

Gogo最终未能抵挡住生命的消逝。那天是星期一的早晨，我还在上班的路上，接到我妈打的电话，说Gogo方便完后，后肢就直接瘫下来，完全动不了了。它撑着最后一丝力气，用自己的前肢爬回家里面，然后一直在叫。我妈问我该怎么办，但其实我们都知道，和Gogo分别的时候真的来了。

虽然之前有很多次预想过这个场景，但当它真正来临的时候，我们还是很难克制情绪。挂断我妈的电话以后，我在地铁上忍不住哭了出来。我赶紧回到家，Gogo已经恢复了一些，但偶尔还会叫一会儿，似乎有什么话想说。我跟我妈联系了兽医上门服务，等到兽医来到我们家以后，Gogo忽然就完全安静了，一声都没有再叫过。它一直都很抗拒医生，如果是往常它一定会狂叫，而此刻，它的安静，让我更加难过了，好像它知道接下来会发生什么似的。

兽医准备给它打药之前，我们想让它再吃一顿好的。Gogo 平常很喜欢吃鸡蛋团，我们就给它煮了两个，又在鸡蛋团里滴了一点蜂蜜，希望它可以带着甜蜜离开这个世界。吃完后，兽医开始帮 Gogo 打麻药，即将完成麻醉之前，它出现了一些身体的反应，把那个鸡蛋团吐了出来，当时它习惯性地把地上的东西舔了干净，又吐了一次又舔干净，看着 Gogo 这样子我很难受，它真是太懂事了。

我爸跟它说："Gogo，我们不是不要你，你知道我们都很爱你，你可以安心地走了。"

打完药，Gogo 就安详地走了。

我希望 Gogo 去到汪星可以不用再那么懂事，可以完全做自己，可以找一群喜欢的小伙伴，开开心心地过不一样的生活。

当天晚上，医生就把 Gogo 的骨灰送了过来，我们把它埋在了小区后花园的一棵树下——就是它平常很喜欢去散步的一个地方，还是希望它能尽量在我们身边，让它比较安心。无论岁月如何流转，那些回忆和情感就像刻在心里的印记，深深地存在我们的脑海里。

我们常以为自己可以轻易地放下许多事，但总有一些微小的细节会让我们意识到"我其实还在乎"。Gogo 离开

后，全家人要开始慢慢适应没有 Gogo 的生活。离别，能使浅薄的感情削弱，却也能使真挚的感情更加深厚。

我觉得和 Gogo 的离别没有想象中那么不能接受。它刚离开的那几天，我把我们相处十六年的所有照片都看了一遍。重温这些画面，我非常开心。其实我跟我妈也聊过，她能接受 Gogo 最后的离开，我们觉得这样对 Gogo 来说是最好的结果。

Gogo 离开后，我反而没有之前预想它离开时那么难过，可能是因为我们一家人陪着它走完了最后一程，看着它安然离开这个世界，没有受太多的苦难。于我们而言，从心理上跟 Gogo 做了最完美的告别，圆满结束了这一段缘分。

我跟我妈都在朋友圈发了关于 Gogo 离开的消息，亲朋好友也纷纷留言安慰，其中有一句话非常打动我："很开心看到你们十几年来无论顺境还是逆境都能一直互相守护。"真的，我们跟 Gogo 确实是互相扶持走过来的。我们很感激它的到来，也希望它走得开心。

Gogo 离开后对我妈的生活影响比较大。她之前需要每天带 Gogo 散步，周末带它洗澡，少了很多私人时间。特别是 Gogo 老了以后情绪不稳定，照顾难度增加了很多。因为我妈非常爱 Gogo，这些无形中也给她带来了心理压力。Gogo 的离开，我妈虽然很不舍得、很难过，但是从心理上也得到了一点儿放松。现在，她有了更多自己的时间，可以放心地去旅游，不必每次出远门都挂念家里的小狗。

和 Gogo 共度的时光，是我人生第一次这么完整地参与一个生命的过程——从它几个月到慢慢长大，然后老去，最终离别。它让我提前学习“离别”这件事，然后我发现直面离别也没有想象的那么困难。Gogo 还教会了我尽量保持真实，不要去做太多的伪装。因为狗这种动物最有魅力的一点就是它从不掩饰自己的情绪，喜欢就是喜欢，开心就是开心，它毫不保留地去热爱这个家庭，只要它在家，就一定会第一个在门口迎接你。

我们一家人说好，之后不会再养宠物了，就让 Gogo 成为家里面唯一的一只小狗，因为我们很难想象再去经历这样的离别，很难再有勇气养别的宠物。

有一句话我非常喜欢——世界破破烂烂，小狗修修补

补。我觉得宠物治愈了这个社会中很多不被看见的伤口，正因为有宠物，我们才有一些能依靠或者是依偎的对象，是它们让我们觉得这个世界没有那么的不堪。

如果你不确定是否能够陪它度过一生，就请你放弃养宠物这个念头，因为养宠物真的是一件非常需要爱与责任的事情。我非常鼓励大家不要害怕和宠物告别，即便在最后的时刻也要勇敢地去面对它，因为你们家的“毛孩子”一定希望在生命的最后一站里有你的陪伴，它们离开这个世界也需要勇气，所以我们就好好地把最后的这一程送好，让它们走得没那么难过。

人生总是在不断地相遇和离别中流转，总有一天，我们的宠物会离我们而去，但它们对我们的忠诚和热爱将永伴我们左右。离别的泪水为我们的记忆之河添上了新的浪花，离别的祝福则为再次的相聚揭开了新的篇章。所以，当它们离我们而去时，请让它们平静而安详地走。虽然不舍可能会在我们心中萦绕，但那份深深的爱将永远不会消散。

Gogo：

有一个月没看到你了，去到新环境还习惯吗？会像刚去幼儿园的小朋友一样哭鼻子吗？我很担心你这种孤僻的处女座性格，应该很难找到新朋友吧。家里一切都很好，你就不用挂心啦，如果想我们，欢迎随时回来，我会在梦里等你。

对了，我们都说好了，以后不会再养别的小狗，所以你不用担心，你在我们心里就是那个唯一。我们会再见的，下次见面希望你笑容依旧。

你要记得，我的手心还有你留下的标记，这样你应该就不怕迷路了。

故事14　爱的黏合剂

——鹦鹉皮皮离开后，我们家像被扯断了翅膀，

再也飞不起来了

它的嘴巴尖尖的，眼睛总是灵动地四处张望，更重要的是它有着一对忽闪忽闪的翅膀……没错！今天的主角是鹦鹉皮皮。皮皮作为 Miya 的第一只宠物，它活泼好动，又通人性，像个精灵一样飞进 Miya 一家，为他们的生活带来一抹亮色。

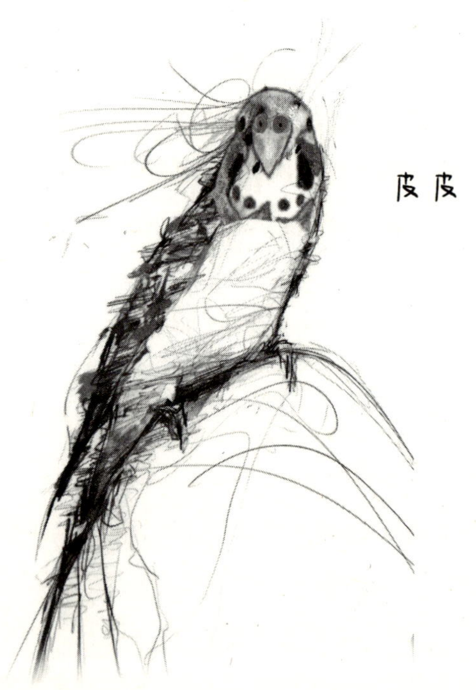

皮皮

我叫Miya，职业是普通白领。从小我就非常喜欢动物，家里面姥姥姥爷、爷爷奶奶两边都有养猫、养鸟，但是小时候因为父母上班我上学，都比较忙，一直没有机会养宠物。越是没有机会，就越渴望能够养宠物，我非常羡慕有宠物陪伴的家庭，直到现在依旧是看到路边的狗都要驻足去看一看摸一摸，跟狗的主人聊聊天趁机撸一把。

我和我的第一只宠物鹦鹉的相遇是在高考那年的暑假，一个闷热的下午，在一个非常喧嚣的花鸟鱼虫市场。

我有一位朋友是奇珍异宠爱好者，养了非常多的宠物。高考结束后，他叫我陪他去花鸟鱼虫市场买宠物饲料。没想到，他从一间卖鹦鹉的商店出来后拎了一个小笼子，给了我一个惊喜。我印象很深，蓝色的小笼子里面有一只原始蓝的虎皮鹦鹉。朋友说，知道我非常喜欢动物，但是一直没拥有过，所以送我这只鹦鹉作为毕业礼物，让我好好善待它。当时我还了解了一下价格，鹦鹉带笼子一共四五十块钱，放到现在也就是一杯咖啡的价格。没想到多年之后，这只鹦鹉却成为我生命中一段非常难忘的回忆。

皮皮是一只公鹦鹉——抹着蓝色脸蛋，戴着黑色珍珠项链，穿着虎皮纹外套，内搭蓝色衬衣的帅小伙。它很小巧，叫声也不大，眼睛更小，比“绿豆眼”还小，它受到惊吓的时候，眼睛会迅速地收缩，就像芝麻粒一样大。我没想到这么小的一只宠物，跟人的互动性会那么强，那么亲人。

皮皮刚来我们家的时候非常亢奋，对笼子外面的世界十分好奇。我并不知道该如何去养一只鹦鹉，没有像其他人一样把鹦鹉养在鸟笼里，我把它当作一只会飞的“小狗”，给予它充分的自由和活动空间，让它能够最大限度地挥动翅膀。笼门也一直开着，它随时可以进去吃饭、喝水、吃水果，晚上回笼子睡觉。

鹦鹉一般分笼养鸟和手养鸟两种。笼养鸟就是鹦鹉孵化后由它自己的爸妈带大，因为饲养成本相对较低，价格会便宜一些；手养鸟就是鹦鹉孵化后当天或者十几天、一个月，用鹦鹉奶粉人工饲养，价格比较高，但是会比较亲人。皮皮当时是一只很普通的笼养鸟，和几十只小鸟关在一个大笼子里，所以价格便宜。它身体比较皮实，只是对新手来讲可能没有那么亲人。我当时并不知道这些知识，只是觉得它应该可以像小狗一样跟人互动，所以强行去撸它。也许是跟我们也有些缘分，皮皮没有那么排斥人类，虽然不让人随便抚摸，但是它喜欢围在我们家人身边，观察我们的一举一动。可以说，我硬是把一只笼养鸟养成了散养或手养的状态。

我妈担任起皮皮训练官的角色，先是训练皮皮飞手——手上放一点食，让它飞过来；又训练它躺在床上，躺在桌子上；还会给它的爪子上架一支笔，训练它定住，主要是为了训练它的服从能力。如果哪天它犯了错误，我妈就会让它躺在一个地方，或者给它一支笔，对它数“1、2、3”三个数，不让它动，控制住它，5 ~ 10 秒钟都可以。所以皮皮比较听我妈的话。我和我爸相对比较溺爱它，它不太怕我们。

大家都说鹦鹉学舌，但虎皮鹦鹉没有八哥、鹩哥那么强的说话能力，相对于其他大型鹦鹉来讲，它只是性格比较活泼，嘴里爱嘟嘟囔囔的。我们也没有对它的舌头进行特殊处理——据说有饲养经验的人，会在鹦鹉学说话前给它们的舌头实施一个小手术，这样可以使鹦鹉更好地学习较为复杂的语言。我们当时只是反复教它说家人的名字，教它叫“爸爸妈妈”，时间久了它真的会叫“爸爸妈妈”了。我们还教它读诗，“床前明月光，疑是地上霜”算是它说得比较清楚的两句诗。慢慢地，它还学会了“爸爸你好，妈妈你好，姐姐你好，我叫皮皮，皮皮真乖，皮皮真漂亮”这些话，还有吹口哨、哼歌这两种技能——我爸爸教的。总之，谁教会的，皮皮说出来的音调就像谁。

我们没有像网络视频看到的那样，教它学投币，或者学骑小车。我觉得养宠物的意义并不在于培养它什么技能，而是要让它与我们多一些感情交流，让它完全参与到我们的生活中。宠物更应该像我们家里的一分子，而不是一个给我们表演杂技的演员。

每当我们下班回到家说一句“我回来了”，皮皮也会先叫一声作为回应。它甚至能在我们钥匙插入锁孔的一瞬间就反应过来，等我们进到屋里的时候，它已经飞到头上兴高采烈地欢迎我们回家了。它还会观察一下我们手里拿着的东西，如果买的菜恰巧是它爱吃的，它会先叼几口，择菜的时候它也会陪着择，但它从不在厨房随意吃东西，做饭时给它了，它才会叼走心满意足地吃掉。

一日三餐它必须要到桌上来吃，我们就像一家四口。鸟笼里有它的食，它可以随时飞回去吃，但是当我们把一盘盘炒好的菜放到餐桌上的时候，不管它在哪里都会飞到餐桌上，开始等它的饭盆——其实就是王致和腐乳的盖子。

给它找这个盖子当饭盆是因为皮皮能叼得动它，每次吃饭的时候它都会甩动它的饭盆，制造出一些声响，好像在跟我们说“我的饭呢，给我盛一下饭”。我们就会在摆好自己的碗筷之后，给它的饭盆里也放一勺杂粮，它跟我们在饭桌上一块吃，吃完之后它就飞走继续玩别的。

一开始我不太相信鸟类能跟狗一样有灵性，能够感知人类的情绪，后来我发现其实是能的，皮皮就能感觉到我情绪的变化。比如，我沮丧的时候，哪怕是因为看电影难过掉眼泪，它都会一直站在我的肩上，甚至尝试往我的眼镜上爬，去啄我的眼泪，好像要给我擦眼泪一样。这让我觉得其实我也是被宠物疼爱着的，而不只是我单方面地去照顾它、为它付出。有时候我妈睡午觉，或者偶尔身体不舒服，它也会陪在旁边一直盯着，或者站在她的手上看着，感觉她的精神好了它才放心去阳台玩。

宠物知道家里谁最疼爱它，为它付出最多。陪皮皮时间最长的是我妈，然后是我爸，最后是我。皮皮也知道这个家里我妈最严苛，对它最负责，因此它生病了会找我妈求安慰，我妈会给它喂药。娱乐就找我爸，我爸会陪它玩，给它吹歌，我爸看手机视频，皮皮还会站在他手上跟他一起看，看得津津有味。所以，皮皮跟我爸感情最好。有的时候，皮皮看我的眼神里会流露出一些不屑，想不想和我玩得看它的心情和我爸妈在不在家，真是一个小机灵鬼。

皮皮特别聪明，总能从日常生活中找到乐趣。我们浇花，它会把花洒当成淋浴喷头，站在下面抖翅膀洗澡；我们泡脚，它会站在洗脚盆的边缘，来来回回地用翅膀撩水逗我们，还爱管闲事，限制我们抬脚的高度，好像在告诉我们

“泡脚要踏踏实实地把脚泡到水里面”。没有玩具的时候，它会去家里犄角旮旯搜罗所有它能玩的东西，甚至能拿梳子当滑板在地上玩。

皮皮还有自己的娱乐项目——用尾巴钓鱼。因为皮皮的尾巴毛很长，它就把尾巴插进鱼缸的水里，像一根搅拌棒一样去逗鱼。如果鱼咬住它尾巴，它还会朝鱼嘎嘎叫，我觉得当时它一定在骂那条鱼。实在气不过的时候，它还会整个身体冲进水里找鱼打架，但是它很聪明，知道水中不是它的地盘，两三秒就会飞起来。很奇怪，它只有家里有人的时候才会钓鱼，我们不在家的时候它不会这样，我觉得它的安全意识很强。

皮皮有自己独特的审美，在众多的衣架中挑了唯一一个跟其他不一样的，那是一个特别老式的橘色塑料衣架，上面有老式的垫肩，两边比较宽，皮皮把这里当遮阳的房檐，衣架下面又有挂钩，皮皮就拿挂钩磨嘴。那个衣架后来成为皮皮的专属衣架，陪伴了它十年，后来都被晒得发白，直接脆掉了。我们晾衣服的时候，它会特别关注它的衣架。当我们故意逗它，假装要把那个衣架拿下来挂衣服时，它就会站在别处凶我们，通过叫声

警告我们不要去碰它的衣架。

在养皮皮之前，我真没有想到鹦鹉的情感居然可以如此丰富，丝毫不比小猫小狗逊色。遗憾的是，鹦鹉的寿命比较短。野外生存的鹦鹉，寿命大概是六七年；家养的鹦鹉可能会多活两三年，皮皮活了十年，已经算是非常长寿了。

我回翻微信朋友圈，发现它年初的时候已经表现出疲态，爱睡觉，毛非常蓬松，鼻子变得比较黑、比较干。它小时候黑眼珠很大，老了之后眼睛好像有点睁不开，耷拉着，眼神也不像小时候那样明亮了，有点灰灰的。现在回想起来，2 月份的时候皮皮的行为就有一点反常，原来它只吃自己的鸟粮和一些简单的蔬菜瓜果，鸟粮也只吃鹦鹉杂粮，从来不吃人类的食物。但是那段时间，我们吃什么它就跟着吃什么，炒个土豆丝它去吃，炒个辣椒它也去吃。我们还开玩笑说，皮皮怎么越老越馋了呢？我觉得它可能是身体不舒服，尝试用各种东西去治疗自己，又或是想开了，活一天算一天，开心一天是一天，就撒开了吃。

那段时间，因为新冠肺炎疫情大家都在家，也没法上班，相当于陪它度过了一个快乐充实的老年时光，最后的半年我们几乎是全天在家陪着它。就在我正式复工的第一天，早上六点五十的时候，妈妈告诉我说皮皮可能不太行了，它有点站不住，抓不住杆了。我们开始轮流跟它告别，我妈先抱着它，放在手心上胡噜胡噜它。然后我接过来，它大口地喘着气，眼睛一直是往上看着我们。最后，皮皮在我爸爸的手上停止了呼吸，闭上了眼睛。

虽然已经过了很久，但一想起来还是非常难过。它在最后一周都没有办法站在杆上了，就只能在鸟笼的底盘上卧着，白天的时候还不停地尝试钻缝隙，比如沙发底下、床底下、柜子缝。当时我还傻傻地拍一些照片发朋友圈，说皮皮怎么老了还玩起躲猫猫这种幼稚游戏。如今想来，可能鸟跟猫狗一样，知道自己快不行的时候会藏起来，或者离家出走，不想让主人伤心。

它大概在生命的最后时刻也不想给我们添麻烦，所以熬了一夜，在早上跟我们告别后就离开了，也没有耽误我当天上班。我们收拾了一些它最爱玩的小玩具，其实都是一些不值钱的、废物利用的东西——小瓶盖、眼药水瓶之类，放进了一个小铁盒子里，和它一起埋在了我们家附近停车位后面的一棵树下。

从最初的欣喜和兴奋，到逐渐适应，再到把皮皮视为家里的一分子，这么多年的日夜相伴，我已经习惯了和皮皮在一起的生活。然而，人们总是容易把在一起的时间视为理所当然，直到分离后才发现它的珍贵。皮皮的离去带走的不仅是那些美好的日常，还有家里的欢声笑语。

一周后，我们买了一只新的虎皮鹦鹉，这只一来反而让

我们有了对比，发现皮皮真是太聪明懂事了。新的鹦鹉是一只手养鸟，按道理说价格更高，花色更好看，也应该更聪明一些，但它跟我们之间没有建立感情连接，没有缘分。我爸妈反复地说，以后真的不能养宠物了，太伤心了，太伤感情了。

我爸妈都是非常喜欢宠物、重感情的人，皮皮离开后，家里的气氛变得非常沉重，跟皮皮有关的所有东西都不看，不敢去回忆。皮皮最喜欢的一个东西是六个核桃的包装袋，包装袋上印着鲁豫的头像。那个包装袋长度跟皮皮差不多，皮皮把它当成了自己的伴侣。这个袋子在我们家放了整整十年。皮皮离开后，我们把袋子保留了一周，但是和袋子相伴的皮皮再也回不来了，都说“睹物思人”，现在“睹物思鸟”也挺痛苦的，所以我们就把皮皮的东西都收起来了，尽量不去想它的事。

再后来，我有了自己的家庭，父母又要抽精力去照顾他们各自的父母，感觉这个家好像没有之前那么团结了，或者说向心力没有那么强了，一些在之前看来很正常的矛盾，在皮皮离开之后被放大了。皮皮在的时候，它是我们的共同话题，是家里的开心果和调和剂。我们会围绕小鸟做一些活动，比如谈论皮皮吃饭了没有，给皮皮洗个澡，或者一块收拾皮皮的鸟笼。它走了之后，我觉得家里好像少了很多有爱的项目，能让大家聚在一起开心去做的事情少了，家也没有以前那么快乐和谐了。

新来的小鸟可以填补日常生活的空白，但无法填补皮皮离开后我们心灵的空虚。皮皮在这个家住了十年，总能在无形中化解家人间的矛盾。它走了以后，这个家失去了很多欢乐，也仿佛失去了灵魂，我们家就像被扯断了翅膀，飞不起来了。

皮皮是如此重要，也是如此难以忘怀。倘若时空可以交错，或许我们和皮皮下辈子还会以其他的形式相见吧，这辈子皮皮当了一个快乐的单身汉，希望它下辈子子孙满堂。

现在回看我养皮皮的这段经历，更能体会到人对情感的表达其实不如宠物。宠物会用实际行动表达对主人的爱，热烈而真挚，而人的思绪却百转千回。我也从这段关系里学会了要勇敢大胆地表达自己的情绪，无论是对宠物，还是对家人，对朋友。

我们有的时候会在宠物面前展露出自己不为人知的幼稚一面。白天在单位非常严肃的人，在面对宠物的时候，却可能用着那种让人发麻又尴尬的语调说着叠音词；公司里连哼歌都不好意思大声的人，给宠物表演节目却得心应手；平时自己都懒得拍照的人，手机里可能存了成百上千张自家宠物的萌照，还觉得怎么都拍不够，怎么都看不够。比如我爸从来没有用我的照片设置过壁纸，只用系统默认的，我甚至一度以为他不会设置，后来我却发现他用皮皮的照片做了壁纸。而我妈的淘宝收件人的姓名写的居然是皮皮的名字。大家把童真的一面展示给了自己的宠物，因为它不会笑话自己。人对宠物的态度，其实也是对自己的一个投射——你想怎样被对待，你就会怎样对待宠物。

通过养皮皮这件事，我想分享给大家的更多是：不要害怕宠物的离世，虽然宠物的离世会让人非常难过，感觉像家里少了一个人，但是我们不能因为怕宠物离开就不敢与它开启一段快乐的旅程。我们要在它活着的每一天好好对待它，好好照顾它，尽量去延长它的寿命，让它每天都过得充实，多陪陪它。这样，在它离开后我们也无愧于它。我们和宠物之间难忘的回忆才是最珍贵的，是多少钱都买不来的。

大家都渴望被爱，其实也愿意去付出爱，这种感情对宠物来讲如是，对家人来讲也如是。如果有能力自己养一只宠物，我觉得很好，没有能力的话一个家庭共同养一只，可能更有快乐，因为它会成为全家人的一个情感纽带，一个连接点，就像有人说生了小孩成了全家人的宝，宠物也是。我相信它会把家里每个人都紧密地团结在一起，凝聚在一起，无条件地散发它的小光芒，散发它的爱，这是宠物的魅力。

小动物的爱永远都是那么纯粹，唤醒着人们心里的柔软。宠物能够教会我们什么是爱与责任，什么是无条件的陪伴。和皮皮共同生活十年，那些受益不觉、失则难存的美好，都提醒着我要珍惜相处的每一个瞬间。无数个瞬间拼凑起来，就是生命的永恒。

亲爱的皮皮：

嗨！

在啾星过得怎么样呢？我很担心有别的鸟欺负你，有网友说他们去啾星的鹦鹉混过社会，听到我们的故事后，带过话了，说会罩着你，那我就安心了。毕竟你我都清楚，你就是窝里横，去姥姥家被小虎皮打到亮肚皮良号，都不敢跟它出现在同一个屋子。不过你放心，我现在家里招了一只玄凤大哥，姥姥家的兰兰都不是它的对手，去了那儿经常打架，也算给你撑腰了。

不知道你在啾星有没有遇到心仪的伴侣，劝你正儿八经地谈个恋爱吧，忘了“鲁豫”，去成个家当个爸爸。

我也知道必须要经历因你离开而非常伤心的日子，但是没什么是过不去的，只不过还是遗憾，美好的时光无法回去，只能回忆。

于我和爸爸妈妈而言，你是阳光、是开心果，亦是家人。感谢缘分让我们遇见，感谢你十年的陪伴。我们永远爱你。你跟着我的时候过得挺快乐的，以后不跟着我了也一定要快乐。待有缘，我们定能相见。

故事15　土地公的好朋友

——为爱偷吃苹果又有点“健忘”的兔兔，

它拜了一百零八位神

大家还记得小时候那首耳熟能详的儿歌吗？“小白兔，白又白，两只耳朵竖起来……”我想在很多人的认知里兔子都是可爱活泼的小动物，但兔子真的可爱、好养吗？也许，只有实践才能见真知。今天，我们的主人公花花分享了自己养兔子的经历，让我们看看养兔子跟养猫狗有着怎样的差异。

兔兔

我的名字叫花花，之前是在线上教培机构里面当业务运营，现在离职了。我从小就喜欢小动物，但是因为家里人不太愿意让我养动物，所以这次我买小白兔回去之前没有跟他们说。刚买回家的时候，我觉得它大概只能活两三年，没想到我们一起相处了六年，它成了家里的一员。

六年前，有一天我跟好朋友去逛街，遇到路边一个小贩在卖兔子、金鱼和一些花草。我们俩站在那儿看了一会儿，我朋友说，这个兔子看着好可爱，好活泼，它一定能够活很久。我觉得也是，于是朋友在旁边“煽风点火”让我快点把兔兔带回家。我有些犹豫，单纯因为想到带回家之后它会拉很臭的屎，我还要负责收拾。不过小贩说，什么动物都会拉屎，而且兔子很好养的。当时我想，兔子最多能活个两三年，也不是太大的负担，便犹犹豫豫地跟卖家砍价，从开价三十五块钱，砍到了三十块钱，最后把兔兔带回了家。

我弟名叫文熙，我想，兔子是我弟弟的弟弟，那么就叫“文兔”，小名就叫“兔兔”好了。就这样，文兔成为我们家庭中的一位成员。

兔兔就是大家所认知的那种最普通的小白兔，比较胖，有一点点包子脸，耳朵特别大，比一般肉兔的耳朵还要再大一点。

当时我并不知道怎么养兔子，听说兔子吃萝卜和青菜，我就去超市买回来喂它。然后我开始在网上搜养兔子的经验帖，才知道原来兔子是食草动物，吃的是提摩西草，我这才跟着网友的推荐下了单。同时我还听说兔子吃萝卜、白菜可能会死得更快，当时把我吓坏了，可它刚来，也没有别的食物选择，提摩西草收到前的两三天，我都只能给它吃萝卜、白菜，它福大命大活得好好的，而且一活就是六年，也印证了我朋友说的那句“能够活很久”。

兔兔很有灵气，在相处的过程中，我们基本上可以无障碍交流。

兔兔想表达的事情，无非就是饿了、要上厕所、要吃这个、要吃那个，它把自己的需求表现得很直观：看兔粮，就是它要吃兔粮；站起来看草，就是它要吃草；水瓶空了，它去顶两下，那就是要喝水；想跟我玩，它就咬笼子；想撒娇，它就四脚朝天翻过来，让我摸摸肚皮……这些是兔兔主导的交流。如果是我主导的交流，那就是我让它怎样它就怎样，非常听话。

长时间的相处让我们形成了某种默契。比如，我跟它说要在厕所上面尿尿，它就会把屁股对准厕所，不会尿到外面去。偶尔不小心尿在外面，我只要凶一点告诉它不可以这样，它就会把屁股再对准些，大概是感受到了我批评它的语气，从中读懂了我的意思。

虽然有默契，但是兔子的智商显然不太高，这导致它特别以自我为中心，它所认定的事不会轻易改变。它偶尔会跑到我床上撒一泡尿，圈一个地盘，这种情况下我的床就变成了它的，我不能上去，我一上自己的床它就打我。有次，它跳到笼子顶上时被绊倒了，当时我在现场，它就认定了在现场的都是坏人，都是绊倒它的凶手，一天都不肯理我。

我喂养兔兔的方式是它饿了就给它吃，草和兔粮任它选，比例搭配我来掌控。兔子主要还是吃草，兔粮是兔子饮食结构中占比较少的一部分，即使它很爱吃兔粮，我一天也只能最多给它两勺，除此之外它还要喝水，还要吃零食。在喂养过程中，兔兔学会了跟我索取，它饿了，就会站起来呆呆地望着提摩西草不动，要是我没有注意到它的举动，它会抓一下笼子或者咬一下笼子吸引我的注意力，然后再重复之前的动作告诉我它要吃的。如果不是相处久了，是没有办法知道兔兔这个动作的含义的——想吃东西了，嘴馋了。

我觉得养兔子还是挺省心的。兔子爱干净，会自己舔毛梳理，每天都能把自己舔得干干净净的；胆子小，不需要出门遛它；会自己上厕所。有点类似于养猫。对我来说，兔子与猫相比还有一个算是优点的地方——兔子是纯食草动物，不需要吃肉，所以它的身体不会有吃肉产生的那种蛋白质的味道，拉屎也不臭。

我们家有个神龛——广东地区拜神、拜土地公、拜祖先的柜子，神龛的最下面一层是土地神位，里面有一个香炉，香炉上面有一个金水装饰牌，旁边放了一些香油之类的东西。

有一次，我把兔兔从笼子里放出来玩，它趁我不注意，把香炉上面的金水装饰牌叼到自己笼子里面去了。兔兔不是那种喜欢把别人东西占为己有的小动物，它从小到大从来没有叼过什么东西进自己的笼子，这次我也不明白它为什么要这么做。因为我们有自己的信仰，当天晚上我就跟土地公道歉说兔兔不懂事，请不要责怪它。结果第二天，兔兔玩的时候又把我们拜祭土地公的苹果给吃了。还好土地公大人有大量，没有和兔兔一般见识。

但也正是因为这次偷吃，我发现兔兔非常爱吃苹果。有一次，我爸买了一箱苹果放在地上，兔兔看到后，先是鬼鬼祟祟地看了看家里人都在干什么，发现没有人关注它之后，它就凑过去用牙叼着包装，反复摇晃，把苹果包装拽开了。接着，它把身体留在外面，把头伸到箱子里啃起苹果来，我这才听到一阵窸窸窣窣的嚼苹果的声音，赶紧过来制止它，摇它露在箱外的屁股，结果它居然气急败坏地想把每一个苹果都咬一遍，咔嚓咔嚓地宣示主权：“这些东西都是我的，这些苹果都是我的。”最后，我们费了九牛二虎之力才把它的头给拔出来，把它丢回了笼子里。

兔子到底认不认主人，能记得主人多久呢？我之前做过这个测试。因为我有两年时间是在英国上学，其间有几次回国。第一次回国大概隔了半年多，我回来的时候，兔兔看到我一脸蒙，我当时有一点儿心寒，我想，兔兔该不会不认识我了吧？然后我就尝试性地说了一个我跟它之间的“躺下摸摸”的暗号，它听完，突然躺下翻过肚子来让我摸，这时候我就意识到，半年左右的时间兔子是不会忘记主人的。第二次回国，大概是过了一年，我回去跟兔子互动的时候，它好像就不太能够记得之前我经常跟它说的话了，“躺下摸摸”，或是“上厕所、喝水”这种指令，它都不太记得了。再次相处一段时间之后，它才又渐渐重新记起了这些指令。

时光荏苒，记忆或许会变得模糊，但我和兔兔共度的美好时光永不会褪色。

然而令人遗憾的是，在短暂的几年光景之后，兔兔出现了健康问题，虽然很快接受了手术治疗，可结局却依然令人唏嘘。

兔子的寿命大约是十年，兔兔去世的时候是六岁。它身体没有太大的毛病，就是皮肤上长了一个瘤子，当时我带它去医院，医生说需要把这个瘤子割开，把脓排出来，再缝合。排脓的时间大概是两周。因为是一个开放创口，在家里没办法护理，所以就选择让兔兔住院。刚开始都挺顺利，但是到最后一步脓都清干净了要缝合的时候，医生给兔兔打麻药，它突然间麻药不耐受，就这样去世了。

其实兔兔的身体机能还都非常好，只是皮肤上有一个小肿瘤，如果不做手术，就算无限长大，也至少还能陪我很长一段时间。现在，它就这样死去，令我非常自责。

说来有点不可思议，不知为什么，在我带它去医院之前，就好像总有一个声音在告诉我“不要带它去医院，它不会回来了”。但是我出于对它病情的关心和对医生的信任，还是选择了送它去医院。医生跟我说要做开放创口，最后缝针的时候要打麻药，也是因为信任医生，所以我选择了同意。没想到，我的一步步选择竟然把兔兔送走了。

事后回想起这件事，那家医院的医生是要负责的。因为第一次割开创口的时候也打了麻药，当时兔兔的体重是九斤，所以那个时候应该是打了对应九斤体重的麻药量。兔兔住了两周院后死去，火化的时候又给它称了一次体重，只有七斤了。但是最后缝合伤口的时候医生并没有给兔兔称重，直接按照之前九斤体重的标准打了麻药——我觉得问题就出在这里。

当时我很崩溃，并没有去跟医生纠结这个事情。有一位护士小姐姐特别好，她告诉我兔兔最后消失的是听觉，所以趁它听觉还没有消失的这段时间，多跟它说说话。然而无论怎样，告别的时刻终究会到来，我得考虑兔兔火化的问题。我看了一下医院里宠物殡葬的项目，特别贵，于是让男朋友在大众点评上找了一家价格适中、能当天火化的店。那家店有点远，开车需要一个小时，但我们还是选了那家店。

人有生老病死，动物也有生老病死，相比起来，宠物对自己的生命甚至更加没有掌控力。茫茫然走完一系列流程，我捧着装着“兔兔”的小罐子回家了。

朋友跟我说可以买一些酥油蜡烛，给兔兔点灯。我觉得兔兔在世的时候跟土地公是特别好的朋友，因为它经常偷吃土地公的苹果，土地公都没怪它，兔兔离开后，我希望土地公能够照顾它一下，就把蜡烛放在了土地公的神位上。

后来我去寺院做了义工。在寺院做义工的时候有一个环节很累人，就是上修行课——磕长头，做一百零八次拜一百零八位神。当时真的是全身酸痛，但我想为兔兔积累更多的功德，还是把一百零八位神全部都拜完了。如果是平时，我一定没有这个意志力去做这件事情，我觉得兔兔的离开让我有了更多的能量去做一些我平时做不到的事情。

因缘生爱，因善生福。告别的方式有很多，不论是哪种，都承载着主人对宠物的深切思念和祈盼。其实只要心中常念着我们所爱的事物，它就不曾离我们远去。

话说回来，兔兔的离开对于我来说仍然产生了很大的影响。我的一个同学养了一只猫，我养了一只兔子，它们年纪差不多大，我们之前经常会聊猫和兔子生活上的区别。这次我的兔子先走了，我跟他说如果我再养宠物的话，除非是非常紧急严重的疾病，否则我是不会再带宠物去医院的，因为宠物真的很害怕医生，它们在医院会很不安，尤其是住院的时候，它们见不到主人真的会很难过。在这种情况下还要去做手术，对它们的冲击几乎可以说是致命的。就像我们家的兔兔，直到它走的时候都没有见主人一面，它一定非常崩溃。同学说我有点偏颇了，我想了想，可能是因为这次糟糕的就医经历吧。

养兔兔这么多年，我都有了一些肌肉记忆，到了某个时间点我就会下意识地要去看一下兔兔是不是要吃东西，一打开门就会习惯性想要跟兔兔打招呼。兔兔刚走的那段时间，我很难受，因为想要打招呼，想要去喂它吃东西，但是已经没有兔子在那里了……那段时间，我把兔兔的照片打印出来好多，贴在家里的各个地方，保证我想它的时候随时可以看到它，慢慢我们也习惯了它存在的形式是一张照片，有什么话想跟它说的时候，就跟照片说。

兔兔走后的一周左右，我梦到了它，梦境里兔兔突然不见了，然后有一个声音告诉我，兔兔出去玩了，不回来了，我当时挺失落的。醒过来之后我一想，这个梦也确实很符合兔兔的性格，它想做一些事情是不会考虑别人的感受的。它想出去玩了，不回来了，也不会考虑我会不会难过，它好像是要通过这个梦境告诉我，它会去找自己的快乐，会开心地生活，不需要我了。这段关系就是缘尽了。

这跟很多人的缘分也是一样的，有的朋友走着走着就散了，家人走着走着也散了。所有的关系其实无论你想或者是不想，到那个时间点，就是会没有的。这是一种非常正常的缘起缘灭，所有的关系都会走向终点。

我现在的心态还挺平和，就像我最开始说的，宠物对于我们来说是家里的一分子，很难去界定它是兄弟姐妹或者是孩子，它就是家里独一无二的一分子。宠物的生命很短暂，少则几年，多则十几年，它们其实非常需要人的陪伴，想想自己家里的宠物看到主人时那个开心的表情、开心的动作，它们真的很爱主人。而从主人来讲，“养儿百岁，长忧九十九”，养宠物的心情或许和为人父母也差不多吧。我们总是希望能够照顾好宠物生命当中的每一个细节，哪怕自己也并不熟练。但实际上，我们并不必过分苛责，多多陪伴爱宠，多多珍惜和它们相处的时光，才是最重要的。尽管最终要面对和爱宠的分离，但那些曾经闪闪发光的日子，会让我们的回忆变得熠熠生辉。

花花因为太难过，只留下无声的告别……